KB117656

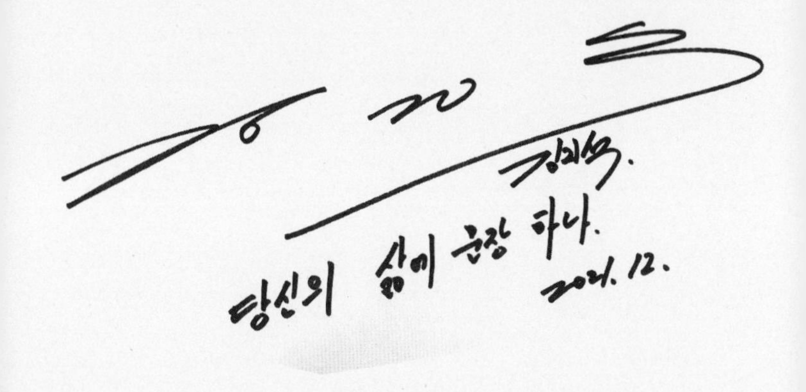
당신의 삶에 문장 하나.
2021. 12.

새벽 입김 위에 네 이름을 쓴다

일러두기

- 인명, 지명 등은 국립국어원의 외국어표기법을 따르되, 일부는 통용되는 표기법을 따랐습니다.
- 본 책에 실린 작품은 에이전시, 출판사, 작가 등 저작권자의 허락을 받고 수록하였습니다. 그 가운데 부득이 허락을 받지 못하고 수록한 작품은 추후 확인되는 대로 적법한 절차를 진행하겠습니다.

새벽 입김 위에 네 이름을 쓴다

지은이 김지석
펴낸이 임상진
펴낸곳 (주)넥서스

초판 1쇄 인쇄 2021년 12월 6일
초판 1쇄 발행 2021년 12월 13일

출판신고 1992년 4월 3일 제311-2002-2호
주소 10880 경기도 파주시 지목로 5
전화 (02)330-5500 팩스 (02)330-5555

ISBN 979-11-6683-177-5 03810

www.nexusbook.com

새벽 입김 위에 네 이름을 쓴다

김지석
엮고 쓰다

Qrious

저는 시에 대한 근사한 해설을 쓸 수 있는 사람도 아니고, 문장을 멋지게 꾸며낼 수 있는 사람도 아닙니다. 그래서 배우 김지석, 인간 김지석을 있는 그대로 보여드리려 했습니다.

이 책에는 살면서 마음이 무너졌던 순간에, 나조차 나를 이해할 수 없던 순간에 저를 다시 일으킨 시들이 담겨 있습니다. 더불어 사람과 사랑, 일과 인생에 관한 저의 일기 같은 글도 부끄러움을 무릅쓰고 실었습니다.

부디 쓸쓸한 어느 날, 제 글이 당신에게 위로가 되면 좋겠습니다. 이 책을 펼쳐 든 여러분에게 삶을 보듬어줄 문장 하나가, 고단한 인생을 거뜬히 살아낼 힘이 찾아오기를 바랍니다.

김지석 드림

차례

PART 1. 안개 속에서 사람들은 서로를 모른다

PART 2. 사랑이 간다 흐르는 강물처럼

PART 3. 저게 저절로 붉어질 리는 없다

PART 1.

안개 속에서 사람들은 서로를 모른다

안개 속에서

헤르만 헤세

안개 속을 거니는 기분은 이상하다
숲이며 돌들은 외로움에 잠기고
나무들도 서로 볼 수 없다
모두 혼자다

나의 인생이 아직 밝던 시절
세상은 친구들로 가득했다
이제는 안개로 가득하여
아무도 보이지 않는다

어쩔 수 없이 조용히
모든 곳에서 사람을 떼어놓는
그 어둠을 조금도 모르고 사는 사람은
현명하다 말할 수 없다

안개 속을 거니는 기분은 이상하다
산다는 것은 외로운 일
사람들은 서로를 모른다
모두 혼자다

¶

시인이 안개 속에서 느끼는 감정은 '외로움'에 가까운 듯하다. 나에게 안개는 '그리움'과 더 닿아 있다.

중학교 1학년 때, 온 가족이 영국으로 이주하면서 기숙 학교에 다니게 되었다. 그때 정말 행복했다. 그래서인지 요즘도 가끔 영국 학교에서의 생활이 꿈에 나온다.

학교는 고지에 있어서 매일 안개가 꼈다. 아침에 기숙사 문을 열고 나가면 볼 수 있는 자욱한 안개와 적절한 습도, 훅 끼쳐오는 잔디 냄새 같은 것이 지금도 그립다.

사실 나는 원래 열등감 덩어리였다. 공부를 잘하는 두 살 위의 형이 그렇게 부러웠다. 공부로는 형을 넘어설 수 없었기 때문이다. 부모님께 인정받는 게 당시 나의 첫 번째 목표였는데 그 욕구가 채워지지 않아서 정말 힘들었다. 물론 부모님은 공부로 형과 나를 달리 대하시지는 않았겠지만, 열등감이 마음을 괴롭게 만든 듯하다.

그런데 영국 학교에서는 달랐다. 자신이 잘하는 것을 발견하고 발전시키는 데 중점을 뒀기 때문에 그게 공부든 뭐든 똑같이 인정을 받았다. 거기에서 느낀 쾌감과 자유로움은 이루 말할 수 없다.

'내가 뭘 잘하지? 공부가 아니라면 무엇에 재능이 있지? 예술 쪽인가? 그림을 잘 그리니까 그쪽으로 가볼까?'

이런저런 생각을 하면서 어린 마음에 굉장히 신이 났고, 그 고민의 과정 가운데 진정한 나를 발견하게 되었다.

이주 초기 친구들과 말이 통하지 않아 외롭고 힘들기도 했지만, 그래도 그리운 마음이 훨씬 크다. 아침마다 내 가슴을 벅차게 만든 그 안개 낀 풍경은 지금까지도 지친 일상에 행복을 켜는 스위치다.

궁금하다.

당신에게 안개는 어떤 마음, 어떤 풍경을 불러오는지.

성공

랄프 왈도 에머슨

자주 그리고 많이 웃기
현명한 사람들에게 존경받기
아이들에게 사랑받기
정직한 비평가의 호평 듣기
그릇된 친구의 배신을 참아내기
아름다움을 즐기기
뛰어난 사람을 알아보기
건강한 아이를 낳든
좋은 정원을 가꾸든
사회를 변화시키든
조금이라도 더 나은 세상을 만들기
나의 삶을 통해
한 생명이라도 더 편히 숨 쉴 수 있다면
그것이 진정한 성공

¶

'성공'이란 어디에 살고, 어떤 차를 타고, 어떤 옷을 입느냐에 따라 결정되는 줄 알던 때가 있었다. 하지만 이제는 그런 것들이 전부가 아님을 안다.

요즘은 내면의 힘, 마음의 근육을 키우는 데 많은 관심을 두고 있다. 배우라는 직업은 상당히 불안정하기 때문에 마음을 다스리는 노력이 더 필요하다. 비정규직인 데다, 작품이 들어오지 않을 때는 구걸도 해야 한다. 선택받아야 하는 직업이다 보니 이리저리 휘둘리기 쉬워서 중심을 잡고 살기가 굉장히 어렵다.

"괜찮아, 만족해."

힘든 상황에서도 이 정도면 괜찮다고 말하며 만족할 수 있는 넉넉한 마음을 성공이라 부르고 싶다.

가난한 것은 싫다. 여기에서 가난은 물질적인 것만을 뜻하지는 않는다. 물질적으로 가난한데 정신적으로 풍요로운 것도, 물질적으로는 풍요로우나 정신적으로 가난한 것도 싫다. 마음이 편안한 상태가 될 수 있는, 둘 사이의 어느 지점을 찾고 싶다. 밸런스! 밸런스가 중요하다.

이 시처럼 구체적으로 나만의 성공 기준을 만들어보고 싶다. 뭐가 있을까?

아침에 일어나 침구 정리하기, 사랑하는 고양이 치토에게 맛있는 밥 만들어주기, 가족치료사인 엄마의 활동을 지원하기, 사랑하는 이들과 시간 보내기….

이런 목록들을 추가하다 보면
언젠가는 성공한 인생이 되지 않을까?

죽은 뒤

크리스티나 로제티

커튼은 반만 내려져 있고 마루는 깨끗한데
내가 누운 자리에는
풀과 로즈마리가 두텁게 깔려 있다
창가에는 담쟁이 그늘
그가 내게 몸을 기댄다
내가 이미 깊이 잠들어 듣지 못할 줄 알았겠지만
"가엾은 사람, 가엾은 사람"그의 목소리가 들렸다
그가 돌아서고 깊은 침묵이 흘렀다
나는 그가 운다는 걸 알았다
그는 내 수의를 만지지도 들추지도 않았다
내 손을 잡거나 납작해진 베개를 매만져 주지도 않았다
내가 살아있을 때 그는 나를 사랑하지 않았지만
죽은 나는 가엾게 여겼다
내 몸은 싸늘하게 식었으나 그의 몸이
여전히 따뜻하니 기쁜 일이다.

초원의 빛

윌리엄 워즈워스

한때는 그처럼 찬란했던 빛이
이제 눈앞에서 속절없이 사라졌구나
돌이킬 수 없는
초원의 빛, 꽃의 영광이여
우리는 슬퍼하지 않으리, 오히려
뒤에 남아 굳세게 버티리
지금까지 있었고 앞으로도 영원할
존재를 티 없이 가슴에 품고
인간의 고통을
사색으로 달래고
죽음 너머를 생각하는 믿음으로
세월 속에 남으리

꽃3

나태주

예뻐서가 아니다
잘나서가 아니다
많은 것을 가져서도 아니다
다만 너이기 때문에
네가 너이기 때문에
보고 싶은 것이고 사랑스런 것이고 안쓰러운 것이고
끝내 가슴에 못이 되어 박히는 것이다
이유는 없다
있다면 오직 한 가지
네가 너라는 사실!
네가 너이기 때문에
소중한 것이고 아름다운 것이고 사랑스런 것이고 가득한
것이다
꽃이여, 오래 그렇게 있거라.

¶

이 시는 노래로 먼저 만났다. 이태원 어딘가를 거닐다가 라디오에서 흘러나오는 정밀아의 〈꽃〉이라는 곡을 들었다. '어, 뭐지?' 나는 그 자리에 얼어붙었다.

당시 나는 자존감이 매우 낮은 상태였다. 배우로서 선택의 갈림길에 서 있었고, 심적으로도 많이 지쳐 있을 때였다. 그런 시기에 우연히 길에서 〈꽃〉이라는 노래를 들은 것이다. 눈물이 날 정도로 위로를 받았다.

이후에 그 곡의 가사가 나태주 선생님의 시라는 것을 알고 찾아 읽었다. 그리고 작품에서 받은 위로를 가슴에 어떻게든 새기고 싶어서 외워버렸다. 그렇게 〈꽃〉은 내가 외는 유일한 시, 내가 가장 좋아하는 시가 되었다.

진실하라

레프 니콜라예비치 톨스토이

어떤 일에서든 진실하라
진실한 것이 더 쉬운 것이다
어떤 일이든
거짓으로 해결하는 것보다
진실로 해결하는 것이
신속하게 처리된다

남에게 하는 거짓말은
문제를 혼란스럽게 하고
해결을 더욱 어렵게 한다
그러나 더 나쁜 것은
겉으로 진실한 체하며
자기 자신에게 거짓말하는 것이다

그것은 결국
그 인생을 망칠 것이다

젊은 시인에게 주는 충고

라이너 마리아 릴케

마음속 풀리지 않는
모든 문제에 대해
인내를 가져라

문제 그 자체를 사랑하라
당장 해답을 얻으려 하지 마라
그건 당장 얻을 수 없으니까

중요한 건 경험이다
지금 그 문제들을 겪으라
그러면 언젠가 미래에
자신도 모르는 사이에
삶이 너에게 해답을 줄 것이다

위대한 것은 인간의 일

프랑시스 잠

위대한 것은 인간의 일들이니
나무 병에 우유를 담는 일,
살갗을 찌르는 꼿꼿한 밀 이삭을 따는 일,
암소들이 신선한 오리나무 옆에 머물도록 하는 일,
숲에서 자작나무를 베는 일,
경쾌하게 흘러가는 시냇물 옆에서 버들가지를 꼬는 일,
어두운 벽난로와, 옴 오른 늙은 고양이와,
잠든 티티새와, 즐겁게 노는 아이들 옆에서
낡은 구두를 고치는 일,
늦은 밤 귀뚜라미가 울 때
처지는 소리를 내며 베틀을 짜는 일,
빵과 포도주를 만드는 일,
밭에 양배추와 마늘 씨앗을 뿌리는 일,
그리고 따뜻한 달걀을 거두어들이는 일.

하얀 달

폴 마리 베를렌

하얀 달이
빛나는 숲속
가지마다
우거진 잎사귀 사이로
흐르는 목소리

오, 사랑하는 사람아

깊은 겨울
연못에 드리운
버드나무의 검은 그림자
바람에 흐느끼네

아, 지금은 꿈꾸는 때

별들이
무지개빛으로
반짝이는 하늘에서

크고 포근한
고요가 내려오는 듯

아득한 이 시간

¶

자연과 하나 되는 게 무엇인지 정확히 어떤 것인지 표현하기는 어렵다. 하지만 배우의 상상력을 발휘해 시인의 목소리를 따라 하얀 달이 빛나는 어느 숲속으로 들어가 본다.

바람의 소리가, 잎사귀들의 소리가
오히려 크고 포근한 고요가 된다는 연못에 서본다.

아득한 정적.

실은 덜컥 겁이 나지만, 그 고요를 '포근하다'고 말하는 시인의 마음을 헤아려본다. 시인이 묘사한 공간에서라면 마음의 복작거림이 슬며시 사라질 것 같다. 그리고 어쩌면 나도 그 숲의 한 부분이 될 수 있을 것 같다.

내 나이 하나 하고 스물이었을 때

알프레드 E. 하우스만

내 나이 하나 하고 스물이었을 때
어느 지혜로운 사람의 말을 들었다.
"금화든 은화든 줄지라도
네 마음만은 결코 주어서는 안 된다.
진주든 루비든 주어버릴지라도
네 생각만은 자유로워야 한다."
그런데 내 나이 하나 하고 스물이었으니
나는 귀담아듣지 않았다.

내 나이 하나 하고 스물이었을 때
또 그가 하는 말을 들었다.
"가슴속에서 우러나는 마음은
그냥 주어진 것이 아니다.
많은 한숨으로 값을 치렀고
끝없는 연민으로 드러날 것이다."
이제 내 나이 둘 하고 스물이 되니
아, 그것은 진실, 참다운 진실이었다.

¶

영국에서 학교를 다닐 때였다. 학교에서 액팅 레슨이 있었다. 일종의 특별활동이었는데 어떤 이미지를 몸으로 표현하는 수업이었다.

이를테면 '노을 지는 연못에 어미 백조와 새끼들이 유유히 지나가는 것을 몸으로 표현하라'는 과제를 받으면 각자 생각한 대로 표현하는 식이다. 쫄쫄이를 입고!

그런데 내 차례가 끝나자 선생님과 친구들이 손뼉을 치면서 엄청 환호해주었다.

'어, 이게 뭐지?'

공부를 잘하는 형을 넘어서지 못하는 데에서 오는 열등감으로 힘들어하던 나는, 그때 처음으로 약간의 전율을 느꼈다. 내가 이런 데에 소질이 있구나, 하는 마음을 처음으로 느껴본 것이다.

그렇게 자아를 발견하고 한국에 돌아와 연극영화과에 지원했다. 1년 동안 연기 수업을 받았지만 떨어졌다. 이 보 전진을 위한 일 보 후퇴라 생각하고, 살짝 방향을 틀어 한국외국어대학교에서 언어를 전공했다. 아버지의 번역 사업에 도움이 될까 싶은 마음에서였다.

그러던 중에 우연히 로드 캐스팅을 받았지만, 연기자가 아닌 가수로 활동하게 되었다. 그러나 가수 활동이 순조롭지 않아, 막 스물한 살이 되었을 때 활동을 접게 되었다.

연기자가 되려던 꿈이 좌절되고 뜻하지 않게 가수로 데뷔했지만, 또다시 실패를 맛본 스물한 살의 나.

'앞으로 어떻게 해야 할까, 인생을 어떻게 살아야 할까.'

그 무렵의 나는 어떻게든 내 힘으로 일어서기 위해 치열하게 고민했다. 그리고 결국 배우가 되겠다고 결정하고 단역 배우부터 시작했다. 고군분투하는 삶이 시작되었지만, 마음은 벅찼다.

내 나이 하나 하고 스물이었을 때였다.

수선화

윌리엄 워즈워스

어느 날 골짜기 옆 언덕 위를
떠도는 구름처럼
외로이 떠돌다 보았네
호숫가 나무 아래서
산들바람에 흔들리며 춤추는
황금 수선화 한 무리를

은하에서 빛나며
반짝이는 별들처럼
굽이진 포구의 언덕 따라
끝없이 줄지어 핀 수선화
수많은 꽃송이가
고개 흔들며 춤추었지

주위의 물결도 춤추었으나
수선화의 춤을 이길 수 없네
이렇게 흥겨운 벗들과 어울릴 때
시인이 어찌 즐겁지 않으리
나는 바라보고 또 바라보았네

보석보다 소중한 풍경을

이런저런 생각에 깊이 잠겨
홀로 누우면
내 마음에 수선화가 스치네
상상은 고독의 기쁨
내 마음이 충만히 채워지고
황금 수선화와 춤추네

¶

수선화에 대해서도 잘 모르고 특별히 좋아하는 꽃도 없지만, 드라마 <동백꽃 필 무렵>을 촬영하면서 '동백꽃'에 대한 애정이 생겼다. 이전에 오가며 보았을지도 모르지만, '이게 동백꽃이구나'라고 제대로 인지한 것은 그때가 처음이다. '영원히 당신만을 사랑합니다'라는 동백꽃의 꽃말을 알고 난 후에 더 좋아진 것 같다.

어떤 꽃이든, 꽃을 볼 때면 어머니가 떠오른다. 어머니께서 꽃을 좋아하시기 때문이다. 어렸을 적을 생각하면 정원에 여러 가지 꽃을 가꾸시던 어머니의 모습이 쉬이 떠오른다. 정원에는 장미, 철쭉을 비롯해 이름 모르는 꽃들이 무척 다채롭게 피어 있었다.

어릴 때는 꽃이 저절로 자라는 줄 알았다. 당연한 이야기지만, 커서 보니 꽃도 관심을 갖고 시간을 내서 보살펴야 하는 거였다. 어머니는 누가 알아주지 않아도 당신 자신의 행복과 가족을 위해 즐겁게 그 수고를 감당하신 것이다. 그 덕분에 정원, 응접실, 식탁 등 집안 곳곳에서 꽃을 만난 기억이 내게 있다.

가족들의 눈이 닿는 곳마다 아름다운 꽃을 두고, 시들지 않게 살피는 마음. 나이를 먹을수록 그런 세심한 보살핌이 더욱더 귀하게 여겨진다.

첫눈 속을 거닌다

세르게이 예세닌

첫눈 속을 거닌다.
마음에는 생기로운 은방울꽃으로 가득하다.
저녁은 길 위에서
푸른 촛불처럼 별에 불을 밝힌다.

나는 알지 못했다. 그것이 빛인지 어두움인지
숲에서 노래하는 것이 바람인지 수탉인지
그것은 어쩌면 들판 위에 겨울 대신
백조들이 초원에 내려앉았으리라.

오, 눈으로 덮인 들판이여!
가벼운 추위가 내 피를 덥힌다!
내 몸으로 꼭 안고 싶다.
벌거벗은 자작나무의 가슴을.

오, 숲의 거대한 아련함이여!
오, 눈 덮인 들판의 활기여!
나는 참지 못하고 두 손을 모으고 싶다.
버드나무의 허벅다리 위에서.

잊어버려요

사라 티즈데일

잊어요, 꽃을 잊듯
잊어버려요
빛으로 타오르던 불꽃을 잊듯
영원히 아주 영원히
잊어버려요

세월은 고마운 친구
우리를 늙게 하지요

누군가 묻거든 이렇게 답하세요
오래 전 아주 오래 전에
잊었다고
꽃처럼, 불꽃처럼
오래 전 잊힌
눈꽃 위 발자국처럼

¶

청소할 때나 차창 밖을 멍하니 볼 때, 어떤 향기가 코끝을 스치는 순간에 불현듯 떠오르는 생각들이 있다. 물론 지나간 순간들이지만, 과거의 어떤 장면이 떠오를 때면 마음이 휘청거려 우울한 하루를 보내기도 한다. 그래서 나는 '옛날을 꺼내 보지 말자'고 다짐한다. 행복했던 일보다는 비참하고 후회스러운 일들이 쉬이 떠오르기 때문이다.

기억이나 추억에는 설명하기 힘든 어떤 힘이 깃든 걸까? 잊히는 건 쉬워도 잊는 건 참 어려운 일 같다. 의도하지 않아도 불쑥 일상으로 침투한다.

강력한 폭풍, 희미한 향기, 잔잔한 불씨.

다양한 모습으로 남은 내 지나온 발자국에 집착하지 않을 것이다. 그리고 누군가 묻거든 말하겠다.

더 이상 그 발자국에 발을 가져다 대지 않을 거라고.

내 삶을 이루어주어서 고맙지만, 이미 잊었다고.

널빤지에서 널빤지로

에밀리 디킨슨

널빤지에서 널빤지로 걸었다.
천천히, 조심스럽게
머리맡에는 별
발밑에는 바다가 있는 것같이.

나는 몰랐다 — 다음 걸음이
마지막 걸음이 될는지—
누군가는 경험이라 부르지만
도무지 불안한 내 걸음걸음

¶

작품을 할 때마다 살얼음판을 걷는 것처럼 불안하다. '널빤지에서 널빤지'로 발을 내딛는 것처럼. 때로는 이 작품이 마지막일지도 모른다는 생각을 한다.

이런 불안은 대체로 수치화되는 잔인한 피드백, '시청률'에서 온다. 시청률이 전부가 아님을 알면서도 전부처럼 느껴질 때가 많다.

시청률은 편성운이나 트렌드, 시청자의 취향 등에 영향을 받는다. 완성도가 높은 작품이라고 무조건 많은 사랑을 받는 것도 아니니 안심할 수 없다. 동료들과 열심히 작업하여 좋은 작품을 만들었다고 생각했는데 막상 시청률이 저조하면 정말 위축된다. 모든 게 내 탓 같을 때도 있다. 하지만 그런 불안이 배우의 숙명이라면 감당해야 하지 않을까.

오늘도 나는 힘을 내어 또 한 걸음을 내딛는다.

불안하지만 새로운 경험을 위해.

화살과 노래

헨리 워즈워스 롱펠로

허공에 화살을 하나 쏘았다
화살이 땅에 떨어졌고, 나는 그 행방을 몰랐다
너무 빨리 날아, 눈으로
그것이 날아가는 것을 좇을 수 없었다

허공에 노래 하나를 띄웠다
노래는 땅으로 떨어졌고, 나는 그 행방을 몰랐다
아무리 예민하고 밝은 눈을 가져도
날아가는 노래를 따라갈 수는 없었다

아주 오랜 세월이 흐른 후, 어느 참나무에서
아직 꺾이지 않은 채 박혀 있는 화살을 찾았다
그리고 노래는 처음부터 끝까지
어느 친구의 가슴속에 남아있었다

그리고 미소를

폴 엘뤼아르

밤은 결코 완전하지 않다
내가 그렇게 말하므로
내가 그렇게 주장하므로
슬픔의 끝엔 언제나
열린 창이 있고
불 켜진 창이 있다

언제나 꿈은 깨지고
욕망은 충족되고
허기는 채워진다

관대한 마음과
내미는 손 열린 손이 있고
주의 깊은 눈이 있고
함께 나누어야 할 삶
삶이 있다

당신을 만나러 가는 길

라빈드라나트 타고르

사랑하는 당신을 만나러 나 홀로 가는 밤
새들은 조용하고 바람도 불지 않네
길가의 집들도 고요히 서 있을 뿐
내 발걸음 소리만 점점 커져 부끄럽다

발코니에 앉아 당신의 발자국 소리를 기다릴 때면
잠든 보초의 무릎에 놓인 칼처럼
나뭇잎들 멈춰 있고 강물 소리도 조용하네
거칠게 뛰는 나의 가슴은 어찌해야 진정될까

사랑하는 당신 들어와 내 곁에 앉으면
내 몸은 떨려고 내 눈은 감긴다
하늘은 어두워지고 바람은 등불을 끄고
구름은 별을 가리네

내 가슴의 보석은 반짝이며 빛을 내는데
어찌해야 감출 수 있을까

만일 애타는 가슴 하나를

에밀리 디킨슨

내가 만일 애타는 가슴 하나를 위로할 수 있다면
내 삶은 결코 헛되지 않으리
내가 만일 한 생명의 고통을 덜거나
괴로움을 달래거나
헐떡이는 새 한 마리를
보금자리로 돌아가게 할 수 있다면
내 삶은 결코 헛되지 않으리

¶

어느 날 엘리베이터에서 신난 얼굴로 엄마를 도와 택배 상자를 정리하는 아이를 만났다. 그 아이가 너무 예뻐서 무언가 해주고 싶은 마음이 들었다. 그래서 간식 상자를 준비했다. 초콜릿, 과자, 음료수 등을 상자에 담아 문 앞에 놓아두었다.

그러던 어느 날.

문 앞에 편지 한 통이 놓여 있었다.

'김지석 형에게'

노란 봉투 겉면에는 이렇게 쓰여 있었다. 그 꼬마 친구에게 답장이 온 거다. 형이 준비해주신 간식 맛있게 먹고 있다고, 너무 바쁘면 못 먹을 때도 있다고, 스타 연예인 형을 알게 되어 행복하다는 내용이 귀여운 글씨로 적혀 있었다. 그리고 선물이라며 나를 그린 그림도 함께 보내주었다.

'형 다음 주에 또 다른 거 그려서 올게요'라는 씩씩한 메모와 함께.

그 마음이 너무 기특하고 고마워 선물을 하고 싶었다. 완구점 주인분께 요즘 초등학생들이 뭘 좋아하는지 여쭤보고 추천받아 장난감을 하나 샀다. 그렇게 아이가 뭘 좋아할까 생각하면서 장난감을 고른 순간이 나를 너무 행복하게 만들었다.

아무것도 아닌 사이에서 꽃이 피어나는 것은 한순간이다. 다정한 말 한마디, 상대를 생각하는 따뜻한 마음 같은 것들이 아무것도 없던 마음에 문득 꽃을 피운다. 삶을 보람되게 하는 것은 마음의 꽃을 피우는 힘에 있지 않을까.

김지석 형에게

삶이 그대를 속일지라도

알렉산드르 세르게예비치 푸시킨

삶이 그대를 속일지라도
슬퍼하거나 노여워하지 말라
슬픔의 날을 견디면
기쁨의 날이 찾아오리니

마음은 미래에 살고
현재는 늘 괴로운 법
모든 것은 순간이며 지나가는 것이나
지나간 것은 훗날 다시 그리워지리니

¶

푸시킨의 <삶이 그대를 속일지라도>는 익히 알려져 있고 여러 매체에 자주 인용된다. 그만큼 많은 사람의 마음을 울린다는 방증일 테다.

나 역시 푸시킨의 시에서 큰 위로를 얻는다. 특히 이 시를 읽을 때면 순간적인 감정에서 한 걸음 물러나 관조적으로 내 삶과 마음을 바라볼 수 있게 된다.

'모든 것은 순간'이라는 시구를 곱씹다 보면 못 할 것도, 못 견딜 것도 없다는 결론에 다다른다.

그래, 다 지나간다.

인생은 장전된 총

에밀리 디킨슨

인생은 장전된 총
구석에 있던 나를
어느 날 주인이 지나가다
데려갔다.

우리는 왕의 숲을 헤매며
사슴을 사냥한다.
내가 주인을 위해 소리칠 때마다
산은 곧 대답한다.

내가 웃으면 다정한 빛이
계곡에서 반짝인다.
베수비오 화산이
기쁨을 참지 못하듯.

충만한 하루를 보내고 밤이 되면
나는 주인의 머리맡을 지킨다.
하루를 함께 지낸 기분은
푹신한 오리털 베개보다 좋다.

주인의 적에게 나는 더 무서운 적.
노란 눈으로 노려보거나
엄지손가락을 단호히 내리면
아무도 다시 꼼짝 못한다.

내가 주인보다 오래 살지는 모르지만
주인은 나보다 오래 살아야 한다.
나의 능력은 죽이는 것뿐
죽는 힘은 없다.

¶

"내가 그의 이름을 불러주었을 때

그는 나에게로 와서

꽃이 되었다."

〈인생은 장전된 총〉을 읽으니 왜인지 김춘수 시인의 〈꽃〉이라는 시의 한 대목이 떠올랐다. 내 가치를 알아보고 인정해주는 사람, 나 스스로가 빛날 수 있도록 조용히 응원해주는 사람. 그런 사람들의 마음으로 삶이라는 여정을 감당할 수 있지 않을까?

지금 내 능력이 조금 모자라더라도 괜찮다. 내가 홀로 일어설 수 없을 때 나를 다시 일으키고, 내가 걷지 못할 때 한 걸음 앞에서 묵묵히 기다려주는 사람이 있다면 나는 다시 달릴 수 있다. 심장이 터지도록 가쁘게 그리고 기쁘게.

눈물, 덧없는 눈물이

알프레드 테니슨

눈물, 덧없는 눈물이, 이유 모를 눈물이
거룩한 절망의 바닥에서
가슴으로 솟아올라 눈에 고였다
평화로운 가을 들판 바라보며
지나간 날들을 생각한다

저승에서 친구들을 싣고 오는 돛배
반짝이는, 사랑하는 이들 모두 싣고
첫 햇살처럼 수평선을 넘는 돛배
빨갛게 물들이는 마지막 햇살처럼 슬퍼라
그렇게 슬프고 새로워라, 가버린 날들은

아, 죽어가는 이의 눈에서
네모난 창문이 흐릿해질 무렵
어둑한 여름 동틀 무렵 잠 덜 깬 새들의
첫 지저귐이 그의 귀에 들려오듯
그처럼 슬프고 묘하여라, 가버린 날들은

죽은 뒤 생각나는 입맞춤처럼 다정하고

다른 이에게만 허락된 입술에
헛된 짝사랑이 꿈꾸는 키스처럼 감미로워라
사랑처럼, 첫사랑처럼 깊어라
오만 가지 후회로 미칠 것 같은
아, 삶 속의 죽음이라, 가버린 날들은

¶

<눈물, 덧없는 눈물이>는
가버린 날들에 대한 아쉬움과 후회가 가득한 시다.

배우로 살면서 제일 후회되는 게 있다면 '욕심부리지 않은 것'이다. 과거에 내가 욕심을 냈다면 더 쟁취할 수 있었는데, 욕심부리는 내 모습이 못나 보일까 봐 그러지 못했다. 나를 보는 다른 사람의 시선이 신경 쓰인 거다.

돌이켜 보면 나는 스스로 원하는 것을 포기했던 적이 많다. 그러고 나서 애써 괜찮다며 소위 '쿨'한 척을 했다. 건강한 욕심은 굉장히 좋은 동력이라고 머리로는 생각하면서도 욕심부리는 내 모습을 누군가 나쁘게 볼까 봐 좋아하는 것을 향해 적극적으로 다가서지 못했다.

머무르지 말걸. 더 욕심을 내어볼걸.
그처럼 슬프고 묘한 것이다. 가버린 날들은.

PROTECT
YO
HEART
P
Y
H
A
2
3

세월이 가면

박인환

지금 그 사람 이름은 잊었지만
그 눈동자 입술은
내 가슴에 있어

바람이 불고
비가 올 때도
나는 저 유리창 밖
가로등 그늘의 밤을 잊지 못하지

사랑은 가고
과거는 남는 것
여름날의 호숫가
가을의 공원
그 벤치 위에
나뭇잎은 떨어지고
나뭇잎은 흙이 되고
나뭇잎에 덮여서
우리들 사랑이 사라진다 해도

지금 그 사람 이름은 잊었지만
그의 눈동자 입술은
내 가슴에 있어
내 서늘한 가슴에 있건만

인생찬가

헨리 워즈워스 롱펠로

슬픈 소리로 내게 말하지 마라.
인생은 한낱 헛된 꿈에 불과하다고.
잠자는 영혼은 죽은 것
만물은 보이는 것이 전부가 아니다.

인생은 진실이다! 인생은 진지하다!
무덤이 삶의 끝은 아니다.
너는 흙이니 흙으로 돌아갈 것이다.
이 말은 영혼에 대한 말이 아니다.

향락도 슬픔도
우리가 향하는 곳이 아니다.
내일이 오늘보다 낫도록
저마다 행동하는 것이 길이다.

예술은 길고 세월은 빠르다.
우리 심장은 튼튼하고 용감하나
천으로 감싼 북처럼 소리를 죽이며
무덤을 향해 장송곡을 울리고 있다.

세상이라는 드넓은 싸움터에서,
인생이라는 야영지에서,
말 못하고 쫓기는 짐승이 되지 마라.
싸움에서 이기는 영웅이 되어라.

즐거운 때에도 미래를 믿지 마라.
죽은 과거는 죽은 채로 묻어라.
행동하라. 살아 있는 현재에서 행동하라.
가슴 속에는 심장이, 머리 위에는 신이 있다.

위인들의 생애가 모든 것을 말해준다.
우리는 숭고하게 인생을 살 수 있고,
떠날 때는 시간이라는 모래 위에
우리의 발자국을 남길 수 있다고.

그 발자국은 훗날 어떤 이가,
인생이라는 장엄한 바다를 건너다가
홀로 조난당했을 때 발견하여
다시 용기를 내게 할 것이다.

자, 그러니 우리 일어나 행동하자,
어떠한 운명에도 굴하지 않는 마음으로.
끊임없이 성취하고 추구하면서,
수고하고 기다리는 법을 배우자.

¶

롱펠로가 죽기 얼마 전, 기자에게 이런 질문을 받았다고 한다.

"선생님은 두 부인의 죽음뿐만 아니라 많은 고통을 겪으며 사셨는데 어떻게 이런 주옥같은 시를 쓸 수 있었나요?"

그는 이렇게 답했다.

"저 나무가 나의 스승이었습니다. 저 나무는 매우 늙었습니다. 그러나 해마다 단맛을 내는 사과가 주렁주렁 열립니다. 늙은 나뭇가지에서 새순이 돋기 때문입니다."

〈인생찬가〉는 비탄의 골짜기에서 쓴 시다. 인생 자체는 고행이지만, 그래도 싸워 이기는 영웅이 되라고 시인은 격려한다. 또한 그렇게 사는 사람을 하늘이 응원하고 있으며, 오늘보다 내일을 더 낫게 사는 것이 삶의 목적이라고 말한다.

인생이 밝고 맑은 날만 있는 것은 아니다. 어떤 의미에서 좌절과 실패, 상실과 결핍, 고통과 슬픔의 날이 더 많을 수도 있다. 힘든 현실에 주저앉아 한탄할 수도 있겠지만, 시인은

'슬픈 소리로 내게 말하지 말라'고 한다. '어떠한 운명에도 굴하지 않는 마음으로, 끊임없이 성취하고 추구하면서, 수고하고 기다리는 법'을 배우라고 외친다.

'N포세대'라는 말은 이제 유행이라고 하기에도 낡은 느낌이 들 정도로 우리에게 익숙한 말이 되었다. 게다가 지금은 전 세계가 코로나 19로 타격을 입어 그나마 있던 희망의 불빛마저 사라지는 느낌이다. 암울한 시대다.

그래도 나는 이 시를 함께 읽었으면 한다. 시 한 편이 상황을 바꿀 수는 없겠지만, 우리의 마음 정도는 다독일 수 있다. 삶이 버거운 당신에게 권하는 작품이다.

여인숙

잘랄루딘 루미

인간이라는 존재는 여인숙 같다
매일 새로운 손님이 도착한다

기쁨, 절망, 슬픔
그리고 조금의 순간적인 깨달음이
예상치 못한 손님처럼 찾아온다

그들 모두를 환영하고 맞아들이자
때로는 슬픔에 잠긴 사람들이 몰려와
그대의 집을 난폭하게 쓸어가고
가구들을 몽땅 끌어낸다 해도

그렇다 해도 각각의 손님들을 존중하라
그들은 미지의 기쁨을 주기 위해
빈자리를 마련하는 역할인지도 모르니까

어두운 생각, 부끄러움, 후회
그들을 문에서 웃으며 맞이하자
그리고 집안으로 초대하자

누가 들어오든 감사히 여기자

모든 손님은 저 너머의 땅으로
우리를 안내할 테니까

¶

"내 인생의 목표는 보이는 것들을 모두 사랑하고,

그것을 내게 보여주시는 하느님께 감사하는 것이다."

지인의 노트 맨 앞장에 적힌 글이다. 그는 노트를 바꿀 때마다 이 글을 옮겨 적는다고 했다.

어느 날은 그가 내게 물었다.

"네가 죽어서 신을 만났어. 그때 신이 너에게 뭐라고 할 것 같아?"

난생처음 듣는 질문이었다. 고민이 되었다. 잠시 생각하다 이렇게 답했다.

"그냥 꼭 안아주면서 고생했어,라고 할 것 같아."

진심이었다. 칭찬은 아니더라도 분명 나를 다독이며 위로하는 말을 들을 것 같았다. 그리고 나는 받은 질문을 그대로 돌려주었다.

"너는? 무슨 말을 들을 것 같아?"

"재밌었냐고 물어보실 것 같아. 그리고 그 물음에 재밌었다고 대답할 수 있었으면 좋겠어."

루미의 〈여인숙〉을 읽으면서 그가 생각났다. 생이 끝난 뒤 '재밌었니?'라는 질문을 듣고 싶은 사람이라면, 분명 인생이라는 여인숙에 찾아오는 모든 손님을 기쁘게 맞이하고 있는 게 아닐까?

문득 그가 부러워졌다. 기쁨, 절망, 슬픔…. 어떻게 하면 내 인생에 찾아오는 모든 손님을 감사히 여길 수 있을까? 내게 오는 모든 마음들을 헤아리고, 어루만지며 달랠 수 있을까? 기꺼이 '환대'하는 사람이 되고 싶다.

어렵겠지만 우선,
문이라도 활짝 열어두자.

나 다시 젊음으로 돌아가면

윤준경

나 다시 젊음으로 돌아가면
사랑을 하리
머리엔 장미를 꽂고
가슴엔 방울을 달아
잘랑잘랑 울리는 소리

너른 들로 가리라
잡초 파아란 들녘을
날개 저어 달리면
바람에 떨리는 방울소리

방울소리 커져서
마을을 울리고
산을 울리고
하늘을 울리고
빠알간 얼굴로 돌아누워도
잘랑 잘랑 잘랑
잘랑 잘랑 잘랑

나 다시 젊음으로 돌아가면
머리엔 장미를 꽂고
가슴엔 방울을 달고
사랑을 하리
사랑을 하리

우문기 감독의 영화 〈족구왕〉으로 알게 된 시다. 좋아하는 시를 한 편 알려 달라는 지석의 부탁에 오랜만에 꺼내 읽었다.

영화에서 낭독을 맡았을 때만 해도 무슨 말인지 모르고 읽는 데에만 집중했었다. 다시 읽으니 새롭게 다가오는 문장들이 있다. 어렸을 때 들었던 발라드의 노랫말이 사랑을 알게 된 후에 다르게 들리듯, 시간이 흐르면서 자연히 깨닫게 되는 것들이 있는 듯하다.

페퍼톤스 이장원

살아야겠다*

폴 발레리

바람이 분다. 살아야겠다.
한 면에 이는 숨결은 책을 펼쳤다 다시 닫고.
파도는 산산이 부서져 바위에서 내뿜어져 나온다.
날아라, 날아라, 현기증 나는 책장들이여.
때려 부숴라, 파도여. 기뻐 춤추는 물로 때려 부숴라.
삼각돛의 무리가 고기 잡던 이 고요한 지붕을.

---

* 〈해변의 묘지〉 일부

'바람이 분다 살아야겠다'라는 문장은 아마 아시는 분들이 많을 겁니다. 폴 발레리의 이 시는 오래전부터 '삶'과 '사람'이라는 단어를 떠오르게 하는 작품입니다. 제게 인생의 무게와 생의 귀함을 간결하고 강렬하게 전해준 시이기도 합니다.

우리는 누군가의 행보는 알 수 있으나 그의 생애 전체는 감히 알지 못합니다. 한 사람의 인생에 담긴 수많은 아픔과 슬픔은 다 헤아릴 수 없지요.
숱한 고통에도 불구하고 '그럼에도 살겠다'는 의지를 갖는 어떤 인간의 마음을 헤아리는 것, 그것이 배우인 저에게 너무나 필요한 일이기에 때로 이 시를 통해 마음을 다잡기도 합니다.

이 책 속에서 여러분의 마음을 움직이는 작품을 만났으면 좋겠습니다. 강렬하고 뜨거운 문장 하나가 때로는 다가오는 인연과 이 세상을 더 애정 어린 눈으로 바라볼 수 있게 만드니까요.

배우 정소민

PART 2.

사랑이 간다

호르는 강물처럼

미라보 다리

기욤 아폴리네르

미라보 다리 아래 센강이 흐르고
우리의 사랑도 흐른다
나는 기억해야 하나
기쁨은 항상 슬픔 뒤에 온다는 것을

밤이 되고 종이 울린다
세월은 가고 나는 남았다

서로 손을 잡고 얼굴을 마주 보고
우리의 팔이 만든
다리 아래로
영원한 눈길에 지친 물결이 인다

밤이 오고 종이 울린다
세월은 가고 나는 남았다

사랑이 간다 흐르는 강물처럼
사랑이 떠나간다
삶처럼 그렇게 느리게

희망처럼 그렇게 격렬히

밤이 오고 종이 울린다
세월은 가고 나는 남았다

하루 하루 지나고 일주일이 지나고
지나간 시간도
사랑도 돌아오지 않는다
미라보 다리 아래 센강이 흐른다

밤이 오고 종이 울린다
세월은 가고 나는 남았다

¶

"사랑은 떠나고 세월도 흐르고 나는 남았다."

이렇게 써놓고 보니 지난했던 과거가 찰나 같다.

돌이켜 보니 사랑도 이별도 제법 겪었다. 누군가를 사랑한 마음 자체를 후회한 적은 없다. 하지만 너는 나를, 나는 너를 사랑하니까 우리는 말하지 않아도 누구보다도 서로를 잘 알고 헤아려줄 것이라고 쉽게 믿어버렸던 나 자신에 대한 후회는 있다.

저절로 되는 건 없었다. 사랑한다고 해도 끊임없이 소통하면서 서로 이해를 구해야 했다. 말하지 않아도 알 거라는 건 나의 크나큰 착각이었다.

지금 후회한들 어쩌겠나. 시간은 지났고 사랑도 떠났으니 방법이 없다. 다음 사랑이 허락된다면, 같은 실수를 반복하지 않으려 노력할밖에.

세월을 보내고서야 알게 되는 것이 참 많다.

I LOVE YOU
SO MATCHA

나를 생각하세요

구스타보 아돌포 베케르

창문 앞 나팔꽃 넝쿨의 흔들림을 보고
지나가는 바람의 한숨이라 생각한다면
그 푸른 잎사귀 뒤에 내가 숨어
한숨짓는다고 생각하세요

당신 등 뒤에서 나직한 소리가 들리고
멀리서 누군가 부르는 것 같아 돌아볼 때면
쫓아오는 그림자 속에서 내가
그대를 부른다고 생각하세요

한밤중 이상하게 가슴이 설레고
입술에 뜨거운 입김이 느껴지면
눈에 보이지 않아도 당신 곁에
내 입김이 서린다고 생각하세요.

¶

바쁘게 하루를 지내다가도 시간이 잠시 멈춘 듯 여겨지는 순간이 있다. 이를 테면 한밤중이나 이른 새벽 혹은 어떤 풍경을 볼 때….

그런 순간에는 왠지 평소 보이지 않던 것도 눈에 들어오고 추억 속 사람들도 생생하게 느껴진다. 그럴 때는 외면하지 않고 떠오른 장면이나 사람을 충분히 생각한다. 어쩌면 그 사람도 나를 생각하고 있을지 모르니까.

물론 동시에 서로를 문득 떠올리는 일이 일어나기는 어려울 것이다. 다만 희망할 뿐이다. 누군가 나를 생각하기를, 그들의 일상에 내가 잠시 머물기를.

사랑은

오스카 해머스타인 2세

당신이 울리기 전까지
종은 종이 아니다

당신이 부르기 전까지
노래는 노래가 아니다

당신의 마음속 사랑도
한쪽으로 치워 놓지 말기를

당신이 주기 전까지
사랑은 사랑이 아니다

¶

행동하는 것.

그것이 사랑의 본질이 아닐까.

"마음을 열어 나눠주기 전까지

그것은 사랑이 아니다."

고이 잠들지 마십시오

딜런 토머스

고이 잠들지 마십시오.
노년의 날이 저물수록 더욱 불태우고 몸부림쳐야 하니
꺼져가는 빛을 향해 분노하고 분노하십시오.

지혜로운 이들은 결국 어둠이 마땅한 것을 알게 되지만
스스로 불꽃 한 번 되어 보지 못했으니
고이 잠들지 않습니다.

선한 이들은 마지막 물결에 몸을 싣고 쇠약한 지난날
푸른 해협에서 찬란히 빛날 수 있었다며 울음을 토해내
고는
꺼져가는 빛을 향해 분노하고 분노합니다.

도망치는 태양을 붙잡아 노래했던 열정적인 이들도
늦게야 지는 태양의 비통함을 깨닫고
고이 잠들지 않습니다.

근엄한 이들은 죽음을 앞두고 눈 먼 시선을 던져
멀어버린 두 눈으로도 유성처럼 타올라 기뻐할 수 있음에 꺼져가는 빛에 분노하고 분노합니다.

그리고 내 아버지, 당신도 이 슬픈 고지에서
제발 모진 눈물로 나를 저주하고 축복해 주십시오.
고이 잠들지 마십시오.
꺼져가는 빛에 분노하고 분노하십시오.

¶

이 시는 생명이 꺼져가는 순간에도 죽음에 맞서 저항하라는 시인의 외침이 담긴 작품이다. 동시에 임종을 앞둔 아버지에 대한 사랑이 느껴지는 시다.

나는 가까운 이의 죽음을 옆에서 지킨 적이 아직 없다. 죽음을 진지하게 생각해본 적도 없다. 어쩐지 죽음은 부정적으로만 느껴졌고, 나에게는 일어날 것 같지 않은 일처럼 생각되었기 때문이다.

이따금 책이나 매체를 통해 죽음에서 인생의 의미를 깨닫고 초연한 태도로 살아가는 사람들을 볼 때, 그들이 멋지게만 보일 뿐 흉내낼 엄두가 나지 않는다.

죽음을 삶의 일부로 받아들이는 경지는 아득하게만 느껴진다. 그래도 시인처럼 아버지의 죽음을 맞닥뜨리는 순간을 상상해 본다.

아버지는 나의 멘토다. 어릴 때에도 이래라저래라 강요하지 않으셨고 그저 큰 그림 안에서 내가 성장하도록 이끌어 주셨다. 내 연기가 어딘가 부족한 것 같아 고민할 때에도 툭, 던져주시는 한마디가 시각을 바꾸는 데 큰 도움이 된다.

이제 일흔이신 아버지는 몇 해 전 당신의 죽음을 준비해야겠다며 여러 사회적 역할에서 물러나셨다. 물론 역할을 내려놓았을 뿐, 지금도 여전히 열정적으로 활동하신다.

평생 멘토인 아버지의 생명이 꺼져갈 때, 나는 아버지께 무슨 말을 할 수 있을까? 그동안 수고하셨다고, 천국에서 안식하시라고 말하려나? 아니면 시인처럼 고이 잠들지 말라고 외치려나?

아직은 모르겠다.

첫사랑

요한 볼프강 폰 괴테

아, 누가 되돌릴 수 있을까, 그 아름다운 날
첫사랑의 그 날을
아, 누가 돌아갈 수 있을까
그 아름다운 시절의
단 한 시간이라도

나는 홀로 이 상처를 키우며
끊임없이 돌아오는 슬픔에
잃어버린 행복을 슬퍼하고 있다
아, 누가 돌려주나, 그 아름다운 나날
첫사랑의 그 즐거운 때를

사랑의 철학

퍼시 비시 셸리

샘물은 강물과 하나 되고
강물은 바다와 섞인다
하늘의 바람은 영원히
달콤한 감정과 뒤섞인다
세상에 혼자인 것은 없다
만물은 하늘의 법칙에 따라
서로 다른 것과 어울리는데
왜 나는 당신과 섞이지 못할까

산은 높은 하늘과 입 맞추고
물결은 물결끼리 껴안는다
제 형제를 무시한다면
꽃다운 누이도 용서받지 못하리
햇볕은 대지를 껴안고
달빛은 바다에 입 맞춘다
하지만 그대 내게 입 맞추지 않는다면
그 모든 입맞춤이 무슨 소용 있을까

¶

사랑에 빠져본 사람은 알 것이다.

사랑을 하게 되면 상대를 사랑하는 이유를 수없이 찾을 수 있다. 세상 모든 것이 우리가 사랑해야 하는 이유가 되니까. 그러나 서로 사랑하지 않는다면 그 많던 사랑의 이유가 흔적도 없이 사라진다.

"만물은 하늘의 법칙에 따라 서로 다른 것과 어울리는데
왜 나는 당신과 섞이지 못할까."
탄식하는 시인의 문장이 가슴 아프게 다가온다.

그리고 나도, 사랑하고 싶다.

보리수

빌헬름 뮐러

성문 앞 우물 옆
서 있는 보리수
그 그늘 아래서
수많은 단꿈을 꾸었네

보리수 껍질에
사랑의 말 새기고
기쁠 때 슬플 때
언제나 찾았네

오늘 이 깊은 밤도
그곳을 지났네
사방이 어두웠지만
두 눈을 꼭 감았네

살랑거리는 나뭇가지들
나를 부르는 것만 같네
"친구여 내게로 와
여기서 평안을 얻게나."

차디찬 바람이 불어
얼굴을 세차게 때렸네
모자가 바람에 날렸지만
돌아보지 않았네

이제 보리수와 멀어져
한참이 되었네
여전히 들리는 속삭임
"친구여, 여기서 평안을 얻게나."

나의 친구여

하인리히 하이네

나의 친구여 너 사랑에 빠졌구나
새로운 고통에 시달리고 있구나

머릿속은 갈수록 깜깜해지고
가슴속은 갈수록 환해지겠지

나의 친구여 너 사랑에 빠졌구나
네가 말하지 않아도
네 조끼 사이로 심장의 불길이
훨훨 타올라 내 눈에 보이는구나

¶

타오르는 불길을 감추지 못하는 것처럼
사랑 또한 뜨겁고 거대해서 감출 수 없다.

만약 감출 수 있다면
그것은 아마 사랑이 아닐 것이다.

무지개

윌리엄 워즈워스

하늘에 뜬 무지개를 볼 때마다
가슴이 설렌다
어렸을 때도
다 자란 지금도 그렇다
늙어서도 그러하기를
아니라면 차라리 죽는 편이 낫겠다
아이는 어른의 아버지
바라노니 내 하루하루가
자연의 마음과 하나 되기를

¶

내 가슴을 설레게 하는 장면을 떠올려 본다.

소년은 좋아하는 아이와 얼굴만 마주쳐도 심장이 콩닥거리고 귓불이 새빨개진다.

봄비가 내린 뒤 흩뿌려지는 벚꽃 아래서 신이 난 소녀들이 발을 구르며 깔깔댄다.

마음을 다해 준비한 선물을 들고 당신에게 가는 이의 얼굴에 자꾸 미소가 떠오른다.

할아버지는 곶감을 좋아하는 아내를 위해 떨리는 손으로 감을 마당에 펼쳐 말린다.

어머니는 아들이 좋아하는 음식을 요리하며 연신 입꼬리를 들썩인다.

아들과의 흔치 않은 술 약속에 한껏 멋을 낸 아버지는 소년 같은 얼굴을 하고 있다.

괜스레 가슴 뛰고, 웃음이 나는 순간들이다.

나는 있습니다, 그리고 없습니다

잘랄루딘 루미

아직 내리지 않은
큰비에 흠뻑 젖었습니다

아직 세우지 않은
감옥에 갇혔습니다

아직 마시지 않은
당신 술에 이미 취했습니다

아직 시작되지 않은
전쟁에 부상 입고 죽었습니다

상상과 현실 사이의
다른 점을 나는 이제 모릅니다

나는 그림자처럼
있습니다
그리고
없습니다

사랑의 되뇌임

로버트 브라우닝

한번만 더 사랑한다고 말해주세요
다시 한 번 더 그 말을 되뇌면
그대에게는 뻐꾸기 울음처럼 들릴 테지만

기억해 두세요, 뻐꾸기 울음이 없이는
상큼한 봄이 연둣빛으로 단장하고
산과 들, 계곡과 숲에 찾아오지 않아요

온갖 별이 하늘을 수놓는다고
너무 많다며 불평할 사람이 있을까요?

온갖 꽃이 계절마다 피어난다고
너무 많다며 불평할 사람이 있을까요?

사랑해, 사랑해, 사랑해
그 아름다운 말을 속삭여 주세요.

¶

J야, 너에게 꼭 해주고 싶은 말이 있다.

낯간지러워 용기를 낼 수 있을지는 모르겠지만. 분명한 것은 소주 한 잔에 드는 번개 같은 마음은 아니라는 사실이다. 소주보다 소중한 마음이라고 하면 너는 피식 웃겠지.

J야, 꽃 한 송이가 너에게 무슨 의미인지 나는 안다.

그런 게 무슨 의미가 있냐고 말했지만, 사실 내 마음속에도 드넓은 꽃밭이 있다. 비바람에도 그 꽃밭은 무너지지 않더라. 꽃을 좋아하는 너를 진작 내 꽃밭으로 초대하지 못해 이따금 마음이 아프다.

그때는 내 사랑을, 내 마음을 사전에 있는 단어들로 얘기하기 싫었다. 또 그렇게 간단히 얘기할 수도 없었다.

조금 늦었지만, 나의 진심이 너의 꽃밭에 닿길 바란다.

고뇌하는 표정이 좋아

에밀리 디킨슨

나는 고뇌하는 표정이 좋아
그것이 진실임을 알기 때문이지—
사람은 터지는 웃음을 가장하거나
격통을 흉내 낼 수 없어—

눈빛이 흐려지면—그것이 죽음이지—
흔한 고뇌로는
이마에 진땀이 나도록
만들 수 없어

¶

터지는 웃음을

창자가 끊어질 것 같은 통증을

이마에 진땀이 나는 고뇌를

흉내 낼 수는 없는 법이다.

날 것의 진실한 감정.

이것이 시인이 원한 게 아닐까.

꾸밈없는 사람이 되고 싶다.

봄

에드나 빈센트 밀레이

사월이여, 너는 무엇하여 다시 돌아온 건가.
아름다움만으로는 충분하지 않다.
끈끈하게 움트는 작은 이파리의
붉은빛은 더 이상 나를 달랠 수 없다.
뾰족한 크로커스 꽃잎을 바라볼 때
나의 목덜미에 닿은 햇살이 따사롭다.
대지의 흙냄새도 좋다.
겉으로는 죽음이 사라진 것처럼 보인다.
하지만 그것이 무슨 의미가 있을까.
구더기가 파먹는
인간의 뇌는 땅속에만 있지 않다.
인생은 그 자체가
무(無),
빈 잔, 주단 깔지 않은 계단.
해마다 이 언덕 아래로,
사월이 재잘대며, 꽃 뿌리며
백치처럼 오는 것으로는 족하지 않다.

¶

나는 봄과 가을을 좋아한다.

너무 강렬한 여름이나 겨울보다는 계절과 계절 사이를 이어주고 스며들듯 사라지는 봄과 가을을 좋아한다.

무엇과 무엇 사이에 있는, 혹은 무엇에서 무엇이 되는 그 과정과 변화의 시간에 마음이 간다.

그런 탓일까?

하루 중에서도 해가 뜨거나 지기 전의 어스름한 시간을 좋아한다. 오히려 나는 그런 시간에 나 자신을 선명하게 들여다볼 수 있는 힘이 생긴다.

내 고약한 버릇

잘랄루딘 루미

나의 가장 고약한 버릇은 겨울 추위에 지쳐
함께 있는 사람을 고문하는 것
당신이 여기 없다면 아무 일도 없는 거다
아무래도 나는 명료하지 않다
내 말은 뒤틀리고 엉클어졌다
더러운 물을 어떻게 깨끗이 할까?
그 물을 강으로 돌려보내라
내 고약한 버릇을 어떻게 고칠까?
나를 당신에게로 돌려보내라
더러운 물에 소용돌이치는 버릇이 들었다면
바닥을 파서 바다까지 길을 내어라
거기에는 너무 큰 상처를 입어
아무것도 희망할 수 없는 자들에게만
제공되는 신비한 약이 있다
희망을 품은 자들이 그 약을 알게 되면
경멸당했다고 느낄 것이다
당신이 사랑하는 친구를, 할 수 있는 만큼
오래오래 바라보아라, 그가

당신을 등지고 떠나든 아니면
당신에게로 다시 돌아오든, 상관치 말고

서정시를 쓰기 힘든 시대

베르톨트 브레히트

알고 있다. 행복한 사람만이
사랑받고 있다는 걸. 그의 음성은
부드럽고, 그의 얼굴은 아름답다.

마당의 굽은 나무는
황폐한 땅을 가리킨다. 그런데
행인들은 늘 나무를
못생겼다 손가락질한다.

해협* 위 산뜻한 보트와 날렵한 요트가
나에게는 보이지 않는다. 내게는
어부들의 찢어진 그물이 보일 뿐이다.
왜 나는 자꾸
40대의 소작인 처가 허리를 굽히고 걸어가는 것만 이야
기하는가?
처녀들의 가슴은
예나 지금이나 따스한데.

---

* 스웨덴과 덴마크 사이의 바다.

나의 시에 운율을 맞춘다면
그것은 거의 오만이다.

꽃피는 사과나무에 대한 경이와
엉망인 화가[**]에 대한 경악이
내 가슴 속에서 다툰다.
바로 이 두 번째 마음이
나로 하여금 시를 쓰게 한다.

** 히틀러를 의미함.

나룻배와 행인

한용운

나는 나룻배
당신은 행인.

당신은 흙발로 나를 짓밟습니다.
나는 당신을 안고 물을 건너갑니다.
나는 당신을 안으면 깊으나 옅으나 급한 여울이나 건너
갑니다.

만일 당신이 아니 오시면 나는 바람을 쐬고 눈비를 맞으며
밤에서 낮까지 당신을 기다리고 있습니다.
당신은 물만 건너면 나를 돌아보지도 않고 가십니다 그려.
그러나 당신이 언제든지 오실 줄만은 알아요.
나는 당신을 기다리면서 날마다 날마다 낡아갑니다.

나는 나룻배
당신은 행인.

미뇽

요한 볼프강 폰 괴테

그리움의 뜻을 아는 자만이
나의 슬픔을 알 수 있다
세상 모든 즐거움에서
나만 홀로 떠나 있어
저편 하늘만 바라보는데
나를 알고
나를 사랑하는 이
먼 곳으로 가버렸다
아! 눈앞이 캄캄하고
가슴이 불타는 듯하다
그리움의 뜻을 아는 자만이
나의 슬픔을 알 수 있다

¶

사랑하는 이도 없이

이 세상 모든 즐거움에서 혼자 떠나 있는 감각.

그 캄캄하고 아득한 마음을 헤아려 본다.

그리움과 슬픔은 그리 멀지 않은 듯하다.

함께 있되 거리를 두라

칼릴 지브란

함께 있되 거리를 두라.
그래서 하늘 바람이 너희 사이에서 춤추게 하라.

서로 사랑하라. 그러나 사랑으로 구속하지는 마라.
너희 영혼과 영혼의 두 언덕 사이에 출렁이는 바다를 놓아두라.
서로 잔을 채워주되 한쪽의 잔만 마시지는 마라.
서로 빵을 주되 한쪽의 빵만을 먹지 마라
함께 노래하고 춤추며 즐거워하되 서로는 혼자 있게 하라
마치 현악기의 줄들이 하나의 음악을 울릴지라도 줄은 모두 혼자이듯이.
서로 가슴을 주라. 그러나 서로의 가슴 속에 묶어 두지는 마라.
오직 커다란 생명의 손만이 너희의 가슴을 간직할 수 있다.
함께 서 있으라. 그러나 너무 가까이 서 있지는 마라.
사원의 기둥들도 서로 떨어져 있고
참나무와 삼나무는 서로의 그늘 속에서는 자랄 수 없다.

¶

사랑하면서 그와 나 사이에 하늘 바람이 춤추고 바다가 출렁일 거리를 둔다는 것은 어떤 의미일까? 또 함께 노래하고 춤추며 즐거워하되 서로는 혼자 있게 한다는 것은?

알 것 같으면서도 모르겠다. 선명하지 않다.

내 연애를 생각해본다. 나의 지난 연애가 괜찮다고 생각되는 지점은, 헤어져도 관계를 망가뜨리지 않았다는 데 있다. 사랑했던 시간을 절망스럽게 만들지 않고 잘 헤어졌던 것 같다. 우연히 길에서 만나더라도 인사하며 지나갈 수 있도록.

이런 나를 두고 무르다고 할 사람이 있을지도 모르겠다. 그러나 내게 사랑은 너무 소중하기 때문에 헤어진다고 사랑했던 시간을 없던 일로 만들고 싶지 않다. 아픈 사랑도 물론이다. 모든 사랑이 나를 성장시켰다.

가을날

라이너 마리아 릴케

주여, 때가 왔습니다. 지난여름은 진실로 위대했습니다.
당신의 그림자를 해시계 위에 얹으시고,
들판엔 바람을 풀어놓으소서.

마지막 열매들이 탐스럽게 익어가도록 명하소서.
이틀만 더 남쪽의 나날을 베푸시어,
열매들이 무르익도록 재촉하시고
무거운 포도송이에 마지막 달콤함이 깃들게 하소서.

지금 집이 없는 사람은, 이제 집을 짓지 못합니다.
지금 혼자인 사람은 오래오래 혼자일 것입니다.
깨어, 책을 읽고, 긴 편지를 쓰고,
낙엽이 흩날리면 불안스레
가로수 길을 이리저리 헤맬 것입니다.

자유

폴 엘뤼아르

노트 위에
책상과 나무 위에
모래 위에 눈 위에
네 이름을 쓴다

내가 읽은 모든 페이지 위에
모든 백지 위에
돌과 피와 종이와 재 위에
네 이름을 쓴다

황금빛 그림 위에
병사들의 총칼 위에
제왕들의 왕관 위에
네 이름을 쓴다

밀림과 사막 위에
새 둥지 위에 금작화 나무 위에
유년 시절 메아리 위에
네 이름을 쓴다

밤의 경이로움 위에
일상의 흰 빵 위에
약혼 시절 위에
네 이름을 쓴다

내 푸른 헌옷 위에
습하지만 볕든 늪 위에
달빛 싱싱한 호수 위에
네 이름을 쓴다

들판 위에 지평선 위에
새들의 날개 위에
그리고 그늘진 방앗간 위에
네 이름을 쓴다

새벽 입김 위에
바다 위에 배 위에
이상하게 보이는 산꼭대기에
네 이름을 쓴다

구름의 거품 위에
폭풍의 땀방울 위에
굵고 탱탱한 빗방울 위에
네 이름을 쓴다

반짝이는 모든 것 위에
여러 빛깔의 종들 위에
구체적인 진실 위에
네 이름을 쓴다

깨어난 오솔길 위에
곧게 뻗은 큰 길 위에
넘치는 광장 위에
네 이름을 쓴다

불 켜진 램프 위에
불 꺼진 램프 위에
모여 앉은 내 가족 위에
네 이름을 쓴다

둘로 쪼갠 과일 위에
거울과 내 방 위에
빈 조개껍데기 같은 침대 위에
네 이름을 쓴다

게걸스럽고 귀여운 우리 집 강아지 위에
그 뾰족한 양쪽 귀 위에
그 뒤뚱거리는 발걸음 위에
네 이름을 쓴다

내 문의 발판 위에
낯익은 물건 위에
축복받은 불의 흔들림 위에
네 이름을 쓴다

육체의 조화로움 위에
내 친구들의 이마 위에
건네는 모든 손길 위에
네 이름을 쓴다

놀라운 소식이 담긴 창 위에
긴장한 입술 위에
침묵을 넘어선 곳에
네 이름을 쓴다

파괴된 내 안식처 위에
무너진 내 등대 위에
내 권태의 벽 위에
네 이름을 쓴다

욕망 없는 부재 위에
벌거벗은 고독 위에
죽음의 계단 위에
네 이름을 쓴다

되찾은 건강 위에
사라진 위험 위에
회상 없는 희망 위에
네 이름을 쓴다

그리고 한 마디 말의 힘으로
내 삶을 다시 시작한다
나는 태어났다 너를 알기 위해
너의 이름을 부르기 위해

자유

달밤

요제프 폰 아이헨도르프

하늘이 조용히
대지와 입을 맞춘다
피어나는 꽃잎 속에서
대지는 이제 하늘의 꿈을 꾼다

바람은 들판을 가로지르며 불고
이삭들은 부드럽게 물결치고
숲은 조용히 출렁이고
밤하늘에는 별이 가득하다

곧 나의 영혼은
날개를 크게 펼치고
집으로 가듯
조용한 시골 들녘으로 날아간다

산비둘기

장 모리스 외젠 클레망 콕토

두 마리 산비둘기가
다정한 마음으로
서로 사랑하였습니다

그다음은 차마 말씀드릴 수 없습니다

¶

시인이 차마 하지 못한 이야기는 무엇일까?

산비둘기의 알콩달콩한 사랑 이야기를 비밀로 남겨놓는 듯한, 차마 낯간지러워 시인이 말해주지 못한다는 생각에 슬쩍 웃음도 났다.

그런데 차마 말하지 못하겠다고 한 이야기가 비극일지도 모른다는 생각이 퍼뜩 스쳤다. 오스스 소름이 살짝 돋았다.

나의 낭만은 어디로 간 걸까?

마리에게 보내는 소네트

피에르 드 롱사르

한 다발 엮어
보내는 이 꽃들
지금은 활짝 피었지만
내일은 덧없이 지겠지

그대, 잊지 말아요
꽃처럼 어여쁜 그대도
세월이 지나면 시들고
덧없이 지겠죠, 꽃처럼

세월이 가고, 세월이 가고
우리도 가고, 흘러서 가고
세월이 가고, 흙 속에 묻히리

애끓던 사랑도 죽은 뒤에는
속삭일 사람이 사라지리니
지금 사랑하기로 해요, 나의 꽃 그대여

¶

"인생은 모두가 함께하는 여행이다. 매일매일 사는 동안 우리가 할 수 있는 건 최선을 다해 이 멋진 인생을 만끽하는 것이다."

영화 〈어바웃 타임〉에 나온 대사다.

나는 '만끽한다'라는 말을 좋아한다. '좋다' 혹은 '즐기다'와는 다른 느낌이다. 마치 밥을 한 톨 한 톨 맛보는 어감이랄까. 아직은 좀 부족하다는 생각이 든다. '제대로' 만끽할 줄 아는 사람이 되고 싶다.

누군가는 호화로운 여행에서, 누군가는 한적한 바닷가에서, 또 누군가는 꽃이 피는 풍경에서 인생을 만끽한다. 그럼 나는 무엇에서 인생을 만끽하고 있나?

이 물음을 나 자신에게 계속 던지며 찾을 것이다. 지나가는 세월을 후회하기보다는 오히려 만끽하게 만드는 멋진 순간들을.

끝까지 해보라

에드거 A. 게스트

너에게 어려운 일이 생기면
마주보고 당당히 맞서라
실패할 수 있지만 성공할 수도 있다
끝까지 해보라!

네가 근심으로 가득 차 있을 때
희망도 소용없이 느낄지도 모른다
그러나 지금의 일들은
다른 이들도 모두 겪은 일임을 기억하라

실패하면 넘어지면서도 싸워라
무슨 일을 해도 포기하지 마라
끝까지 눈을 똑바로 뜨고 머리를 쳐들고
끝까지 해보라!

¶

2009년, 영화 〈국가대표〉에서 소년가장 '강칠구' 역을 맡게 되었다. 감독님께 살을 빼라는 주문을 받았다. 일일 드라마 〈미우나 고우나〉 때 살을 찌웠던 터라, 3개월 만에 11kg을 빼야 했다. 처음으로 극한의 다이어트를 했다.

다이어트 후에도 체중 유지를 위해 촬영기간을 고통스럽게 보냈다. 영화 스케줄은 밥차 힘으로 버텨야 하는데, 하루에 사과 한 개, 커피 한 잔, 닭가슴살 한 조각을 먹으며 촬영하니 여간 힘든 게 아니었다. 이렇게까지 해야 되나, 하는 생각도 때로 들었지만, 마음을 다 잡으며 첫 영화 촬영을 마쳤다.

840만 관객이 들었다. 성공적이었다. 주변에서도 평이 좋았다. 내가 다이어트를 독하게 해서 영화가 잘된 건 아니지만, 끝까지 열심히 하길 잘했다는 생각이 들었다. 스태프, 연기자 모두 각자의 자리에서 '끝까지' 노력해 얻은 결과라 생각하니 마음이 더 뭉클했다.

당신은 어느 쪽인가요

엘라 휠러 윌콕스

세상에는 두 부류의 사람들이 있어요.
부자와 가난한 이는 아니에요. 한 사람의 재산을 말하려면
그의 양심과 건강 상태부터 알아야 하죠.
겸손한 이와 거만한 이도 아니에요. 짧은 인생에서
잘난 척하며 사는 이는 사람으로 칠 수 없잖아요.
행복한 사람과 불행한 사람도 아니에요. 흐르는 세월
누구나 웃을 때도, 울 때도 있으니까요.

내가 말하는 두 부류의 사람이란
짐을 들어주는 사람과 비스듬히 기대는 사람이에요.
당신을 어느 쪽인가요? 무거운 짐을 지고
힘들게 걷는 이의 짐을 들어주는 사람인가요?
아니면 남에게 당신 몫의 짐을 지우고
걱정과 근심을 끼치는 사람인가요?

¶

나는 다른 이의 짐을 들어주는 쪽이다. 사랑을 할 때도 주는 쪽, 주어서 행복한 쪽이다. 연애만이 아니라 전반적으로 그렇게 살아온 것 같다.

나는 상대방을 많이 살핀다. 좋게 얘기하면 배려하는 것인데, 내가 좀 힘들더라도 상대방에게 맞춰주는 타입이다. 그게 편하다. 내 짐을 상대방에게 지우고 그에게 걱정과 근심을 주는 건 생각만 해도 불편하다.

그렇다고 표현하지 않고, 말없이 몰래 짐을 들어주는 사람은 또 아니다. 내가 그를 아끼는 마음을, 배려하는 노력을 고맙게 여겨주면 좋겠다. 그 마음만으로 충분하다. 그러면 아무리 무거워도 대신 짐을 들어줄 수 있다.

하지만 늘 모든 사람이 내 마음 같을 수는 없다. 나의 희생과 배려를 당연하게 느낄 때, 종종 쓸쓸해진다.

인생

라이너 마리아 릴케

인생을 꼭 이해해야 할 필요는 없다.
인생은 축제와 같은 것.
하루하루 일어나는 그대로 살아나가라.
길을 걷는 아이가
바람에 불 때마다 날려오는
꽃잎을 선물처럼 받아들이듯이.

아이는 꽃잎을 주워서
모아둘 생각은 하지 않는다.
제 머리카락에 앉은 꽃잎을
아이는 살며시 떼어내고
앳된 시절을 향해
새로운 꽃잎을 달라 두 손을 내민다.

¶

“아빠, 내일이 뭐야?”

다섯 살 때, 아버지께 이런 질문을 했다고 한다.

“하룻밤 자면 내일이지.”

아버지는 이렇게 답했고, 다음날 나는 아버지께 같은 질문을 했다.

“아빠, 오늘이 내일이야?”

“아니, 하룻밤 자야 내일이야.”

같은 대화가 하루 더 반복되고 내가 이렇게 말했단다.

“그럼 내일은 없는 거네.”

그때 아버지는 무릎을 치셨다고 했다. 자신에게 내일이 없음을, 오로지 오늘만 있다는 사실을 깨달았기 때문이다. 커다란 진리를 다섯 살짜리 아들에게 배운 셈이다. 릴케의 〈인생〉이라는 시를 읽으면 아버지가 들려주신 이 이야기가 떠오른다.

우리는 모두 한때, 바람에 흩날리는 꽃잎을 줍지만 모아 두지 않는 아이였다. 시인의 말처럼 인생을 축제처럼 여기고 하루하루를 살아내야 한다. 우리에게는 오늘만 있을 뿐이니 말이다. 마흔의 나보다 다섯 살의 내가 좀 더 철학적이었던 듯하다.

달이 떴다고 전화를 주시다니요

김용택

달이 떴다고 전화를 주시다니요
이 밤 너무 신나고 근사해요
내 마음에도 생전 처음 보는
환한 달이 떠오르고
산 아래 작은 마을이 그려집니다
간절한 이 그리움들을,
사무쳐 오는 이 연정들을
달빛에 실어
당신께 보냅니다

세상에,
강변에 달빛이 곱다고
전화를 다 주시다니요
흐르는 물 어디쯤 눈부시게 부서지는 소리
문득 들려옵니다.

이 시를 언제 알게 되었는지는 정확히 기억나지 않아. 하지만 '달이 없었더라면 내가 있었을까?' 싶을 정도로 어릴 때부터 워낙 달을 좋아해서 이 시에도 애정이 있어. 내가 걸으면 함께 걷고, 내가 멈추면 함께 서던 달. 쉰을 바라보는 지금에도 문학적으로 나의 가장 친한 친구야.

2003년 몬트리올 코미디 페스티벌을 보고 돌아오던 날 마음이 복잡했어. 주눅인지 위축인지, 뭔가 해보고 싶은 자신감인지, 아니면 큰 사람이 되고 싶은 욕구인지는 몰랐지만. 그날 밤 난 달을 다시 만났지. 고개를 드니 달이 거기 있더라. 위로랄까, 응원이랄까. 달에게는 내 얘기를 할 수 있고, 달은 진심으로 귀 기울여줘.

나는 종종 달이 떴다고 친한 친구에게 연락도 해. 그러다 보니 이제는 달이 떴다고 먼저 메시지를 주는 친구도 있단다. 지석이 네가 좋아하는 시가 있냐고 묻자 바로 이 시가 떠올랐지. 달이든 별이든 나무든 네게도 문학적인 친구가 하나 있길 바라며…. 이제 달이 뜨면 네게도 문자할게. 너의 신나고 근사한 밤을 위해서 말이야.

코미디언 김영철

PART 3.

저게 저절로 붉어질 리는 없다

대추 한 알

장석주

저게 저절로 붉어질 리는 없다
저 안에 태풍 몇 개
저 안에 천둥 몇 개
저 안에 벼락 몇 개

저게 혼자서 둥글어질 리는 없다
저 안에 무서리 내리는 몇 밤
저 안에 땡볕 두어 달
저 안에 초승달 몇 날

¶

세상의 모든 성취는 저절로 이루어지지 않는다. 작은 대추 한 알 또한 그렇다. 비, 바람, 더위와 추위, 천둥과 번개 등 셀 수 없는 풍파를 견딘 후에야 '온전한 한 알'이 된다.

하물며 한 사람의 인격은 오죽할까. 일과 관계를 통해 다양한 경험을 하는 것은 물론이고 자책과 원망, 후회와 결심, 슬픔과 기쁨 등의 감정으로 수많은 밤을 지새우며 성찰한 후에야 비로소 성숙한 인간이 될 수 있다.

나이, 학력, 재산 등과 상관없이 뜨거운 땡볕과 무서리 내리는 나날을 견디며 힘차게 인생을 살아가는 사람들을 볼 때면 정말 훌륭하다는 생각이 든다.

이 시는 위축되는 나를 다잡는 데 많은 힘이 되었다. 작은 대추 한 알에서 내 삶과 타인의 삶을 본다. 불과 8줄의 문장에 인생의 빛과 그림자가 모두 들어있다. 정말로 단단하고 웅장한 시다.

악한 자의 가면

베르톨트 브레히트

내 방의 벽에는 일본에서 만든 목제품인
황금색 악마 가면이 걸려 있다
불거져 나온 이마의 핏줄을 보고 있자면
악하다는 것이 얼마나 힘든 일인가를
느끼곤 한다

¶

악마의 이마에 불거져 나온 핏줄을 보면서, 악하다는 것이 얼마나 힘든 일인가를 느낀다는 이 시를 읽으며 불현듯 연산군이 떠올랐다.

2017년, 드라마 <역적>에서 연산군 역할을 맡았다. 역사적인 인물을 연기하는 게 처음이어서 온갖 방법으로 연산군을 이해하려고 애썼다. 연산군과 폐비윤씨 묘에 가서 걸으며 생각도 하고, 장구와 처용무에 조예가 깊었다기에 장구와 처용무도 배웠다. 연산군에 대해 쓴 책들도 많이 읽었다. 역할에 몰입하기 위해 사람들도 거의 안 만나고, 촬영하는 동안에는 부모님과도 연락을 끊었다.

그런 시간을 보내다 보니, 어느 날 문득 연산군에게 연민의 감정을 갖게 되었다. 물론 그가 잘했다는 것도 아니고, 그를 미화하려는 것도 아니다. 그저 한 인간으로서 그렇게 할 수밖에 없던 내면의 문제가 더 있을 거라 어림짐작했다. 악하게 산다는 것도 참으로 힘든 일이므로.

식당–아드리앵 플랑테 씨에게

프랑시스 잠

우리 집 식당에는 윤이 날 듯 말 듯한
장롱이 하나 있다. 그건
대고모들의 목소리도 들었고
할아버지의 목소리도 들었고
아버지의 목소리도 들었다.
그들의 추억을 언제나 간직하고 있는 장롱.
그게 아무 말도 안 한다고 생각하면 잘못이다.
나와 이야기를 나누고 있으니까.

거기엔 나무로 된 뻐꾸기시계도 하나 있는데
왜인지 소리가 나지 않는다.
난 그 까닭을 물으려 하지 않는다.
아마 부서져 버렸겠지
태엽 속의 그 소리도.
돌아가신 할아버지들의 목소리처럼.

또 거기엔 밀랍 냄새와 잼, 고기 냄새와 빵 냄새
그리고 익은 배 냄새가 나는
오래된 찬장도 하나 있는데, 그건

무엇도 훔치면 안 된다는 것을
알고 있는 충직한 하인이다.

우리 집에 많은 남녀 손님이 왔지만
아무도 이 물건들에 작은 영혼이 있음을 믿지
않았다. 그러면 나는 빙그레 웃는다.
손님이 우리 집에 들어오며, 여기 살고 있는 이가
나 혼자인 듯 이렇게 말할 때에는
– 안녕하세요, 잠 씨?

¶

가족의 역사를 간직한 물건이 있다는 건 복된 일이다.

시인에게는 대고모, 할아버지, 아버지의 목소리를 들은 장롱이 있고, 돌아가신 할아버지들처럼 더 이상 소리 나지 않는 뻐꾸기시계가 있고, 온갖 맛난 냄새가 가득한 찬장이 있다. 그것들과 함께 사는 시인은 그래서 혼자가 아니다. 알아채는 사람은 없지만 말이다.

그 물건들에는 또한 시인의 역사도 담겨 있다. 시인은 아마도 찬장 속 무언가를 훔치다가 호되게 혼이 났던 모양이다. 그렇게 가족의 역사는 세대가 섞이며 이어진다. 연결되고 이어진다는 것이 참 소중하게 느껴진다.

세대를 잇는 것이 꼭 물건이 아니어도 좋을 것 같다. 이야기 같은 것은 어떨까? 다음에 본가에 가면 부모님께 이야기를 들려달라고 부탁드려야겠다.

조부모님과 외조부모님은 어떤 분들이셨는지, 아버지와 어머니의 어릴 적 꿈은 무엇이었는지, 어릴 때 나의 어떤 모습에 기쁘셨는지, 나를 키우면서 어떤 일들로 마음이 힘드셨는지, 노년을 어떻게 보내고 싶으신지….

궁금한 게 참 많다.

그 이야기들을 다 듣고 나면 아마도 부모님과 나는 더 단단히 연결될 것이다.

나 자신의 노래 1

월트 휘트먼

나는 나 자신을 기리고 노래합니다
내가 믿는 바를 그대로 믿을 겁니다
내게 있는 모든 원자(原子)가 그대에게도 있으니까요

나는 게으름 피우며 내 영혼을 부릅니다
나는 한가로이 기대어 여름 풀잎을 바라봅니다

나의 언어, 내 피의 원자, 모든 게 이 흙과 공기로 만들어 졌고
나를 낳은 부모도 그렇게 태어났고, 부모의 부모도 그러 합니다.
지금 완전히 건강한 서른일곱의 내가
죽을 때까지 멈추지 않기를 기대합니다

신조나 배움은 잠시 미루고
이만큼도 괜찮다며 물러나지만, 잊지는 않겠습니다.
좋든 나쁘든 마음에 품고, 모든 위험에 빗대어 말하겠습 니다
본연의 힘으로, 억누르지 않고 자연스럽게

고독

엘라 휠러 윌콕스

웃어라, 세상이 너와 함께 웃을 것이다
울어라, 너 혼자만 울 것이다
낡고 슬픈 이곳에서 환희는 빌려야만 하고
고통은 그 자체만으로도 가득하니까
노래하라, 언덕들이 응답하리라
탄식하라, 허공에 흩어지리라
메아리는 즐거운 소리에 춤을 추지만
너의 근심은 외면하리라

기뻐하라, 사람들이 너를 찾을 것이다
슬퍼하라, 그들은 너를 떠날 것이다
사람들은 너의 즐거움을 원하지만
너의 고통은 원하지 않는다
즐거워하라, 친구들이 늘어날 것이다
슬퍼하라, 그들을 다 잃고 말 것이다
네가 주는 달콤한 술은 아무도 거절하지 않지만
쓴 잔은 너 홀로 마시게 되리라

축제를 열라, 그러면 네 집은 사람으로 넘쳐나리라
굶주리라, 온 세상이 너를 외면할 것이다
성공하여 베풀라, 네 삶에 도움이 되리라
하지만 아무도 죽음을 막지 못한다
즐거움이라는 방에는 여유가 있어
길고 화려한 행렬을 들일 수 있다
하지만 고통이라는 좁은 통로를 지날 때는
우리 모두 한 줄로 걸어갈 수밖에 없다

¶

시인의 외로움에, 고통에 깊이 공감된다.

“환희는 빌려야 하고 고통은 그 자체만으로도 가득한” 이 낡고 슬픈 곳에서 어떻게 살아야 할까?

“우리 모두 한 줄로 걸어갈 수밖에 없는” 고통을 어떻게 견뎌야 할까?

나는 관계를 맺는 데에 겁이 많은 편이다. 아니, 겁이 많아졌다는 편이 정확하겠다. 세상에 좋은 사람들만 있는 줄 알았는데 그게 아니라는 걸 깨달으면서 그렇게 되었으니까.

한 가지 더 깨달은 슬픈 사실은

좋은 사람이 그렇지 않은 사람과 만날 때, 좋은 사람들이 늘 진다는 거였다. 선의를 악용하거나 왜곡하는 사람들, 사기를 치는 사람들을 보면서 제법 움츠러들었다. 나이가 들면 들수록 사람이 제일 무섭다는 생각이 든다. 언제 이렇게 겁쟁이가 되었나 싶다.

내 나이 마흔. 앞으로 또 어떤 다양한 경험을 하게 될지 지금은 알 수 없다. 하지만 기대하는 것은 있다. 사람에게 겁먹고 상처받은 마음을 뚫고 꽃처럼 피어날 관계들을. 그 관계 속에서 타인에게 손 내밀 용기를 갖게 되기를.

소네트 148

윌리엄 셰익스피어

아아! 사랑이 내 머리에 어떤 눈을 심었기에
내 눈이 헛것을 보는가?
아니, 제대로 본다 해도, 내 판단력이 어디로 달아나서
잘 보고서도 잘못 판단하는가?
내 잘못된 눈은 빠져드는 것마다 아름답다 하는데
세상이 아름답지 않다는 말은 어찌된 일인가?
실제로 아름답지 않다면, 사랑이 아름답게 보는 것이리라.
사랑의 눈은 세상 사람들 눈처럼 정확치 않다. 아니,
어찌 정확할 수가 있을까? 밤을 지새우고 눈물로
흐려진 사랑의 눈이 어떻게 정확할 수 있을까?
그러니 내가 헛것을 본들 놀랍지 않다.
하늘이 맑아야 태양은 스스로를 비출 것이다.
  아, 영리한 사랑이여! 그대는 눈물로 나를 눈멀게 했다.
  내 눈이 그대의 추함을 찾지 못하도록

팔리지 않은 꽃

알프레드 E. 하우스만

땅을 갈아 밭을 일구어 잡초를 뽑고
활짝 핀 꽃을 시장에 가져갔다
사는 이 없어 집으로 가져왔는데
그 빛깔 너무나 찬란하여 몸에 장식할 수도 없다

꽃씨를 거두어 여기저기 뿌린다
내가 죽어 그 아래 묻혀
사람들의 기억에서 까마득히 잊히고 말았을 때
나 같은 젊은이가 이 빛깔을 볼 수 있도록

어떤 씨앗은 새가 쪼아 먹고
어떤 씨앗은 매서운 날씨에 상처받지만
이윽고 여기저기
고독한 별들을 피워내리

새봄이 올 때마다
어김없이 꽃은 피어나고
내가 죽어 이미 사라진 뒤에
어느 불행한 젊은이의 가슴을 장식할 수도 있겠다

¶

회색 겨우내 숨어 있다가

기어코 시커먼 흙을 뚫고 싹을 틔우려는 노력

찬란한 햇살에 보답하듯

형형색색 피워낸 도도한 자태

지나가는 연인들의 미소처럼

시나브로 뿜어내는 싱그러운 향기

만개한 꽃술 한 모금 축이려는 꿀벌과

한여름 밤의 추억 같은 입맞춤

기지개 켜던 봄, 만개한 청춘의 여름, 빛바랜 가을

찬바람에 휘휘 날려 흔적 지워질 겨울

이것은 꽃의 기억

개

이반 세르게예비치 투르게네프

방 안엔 우리 둘… 개와 나. 밖에는 사나운 폭풍이
무섭게 몰아치고 있다.

개는 내 앞에 앉아 물끄러미 나를 바라보고 있다.

나도 개를 바라보고 있다.

개는 무슨 말인가 나에게 하고 싶어 하는 눈치다. 그런데 개는 벙어리, 말을 할 줄 모른다. 자기 자신을 이해하지도 못한다. — 그러나 나는 개의 심정을 이해한다.

나는 알고 있다. 지금 이 순간, 개도 나도 똑같은 감정에 젖어 있다는 걸, 우리 둘 사이에는 어떠한 간격도 없다는 걸. 우리 둘은 조금도 차이가 없다. 전율에 떠는 불꽃이 똑같이 가슴 속에 불타며 빛나고 있다.

이윽고 죽음이 다가와 이 불길을 향해 그 싸늘한 넓은
날개를 퍼덕이리라…

그러면 끝이다!

그렇게 되면 누가 알까, 우리의 가슴 속에 어떤 불길이 타고 있었는가를.

그렇다! 지금 시선을 교환하고 있는 존재는 동물도 아니고 인간도 아니다…

서로 응시하고 있는 것은 동일한 두 쌍의 눈.

동물과 인간, 이 두 쌍의 눈에는 동일한 생명이 서로를 의지하며 겁먹은 듯 다가서고 있다.

¶

3년 전, 번아웃이 왔다. 작품을 찍는 동안에 매너리즘에 빠진 듯 지루했고 성취감도 없었다. 일을 마치고 집으로 돌아와도 포근하지 않았고, 내가 집에서 겉도는 느낌이었다. 문득, 사랑을 주고받을 존재가 있으면 집이 훨씬 아늑해질 것 같다는 생각이 들었다. 그렇게 치토를 데려왔다.

치토는 처음 만났을 때부터 많이 아팠다. 고양이 감기라고 불리는 헤르페스 바이러스(Herpes virus)에 걸려 면역력이 약해져 있었고, 링웜(Ringworm, 피부 질환의 일종)도 심했다. 그밖에 합병증도 생겨서 의사 선생님이 너무 기대하지 말라고 하셨는데, 다행히 건강해졌다.

치토가 집에 오자 집안의 공기가 달라졌다. 나를 기다리는 존재, 내가 보살펴야 할 가족 같은 존재가 있다는 게 이렇게 행복한 일인 줄 몰랐다. 치토는 삶에 의미를 부여했고, 일에 다시 의욕을 갖게 했다. 치토의 행복이 곧 나의 행복이 되었다. 집이라는 공간도 '내 것'에서 '치토의 것'이 되었고, 이제는 내가 치토의 집에 얹혀사는 느낌마저 든다.

이제 밖에서 일을 할 때면, 어서 집으로 돌아가고 싶다. 치토가 그리워서! 우리 치토는 그날 있던 일을 이야기해주면 종알종알 맞장구도 치고, 내가 무언가를 물어보면 아주 다채로운 소리로 대답도 한다. 우리의 언어는 같지 않지만, 충분히 교감하고 있음을 나는 매일매일 느낀다.

봄은 고양이로다

이장희

꽃가루와 같이 부드러운 고양이의 털에
고운 봄의 향기가 어리우도다

금방울과 같이 호동그란 고양이의 눈에
미친 봄의 불길이 흐르도다

고요히 다물은 고양이의 입술에
포근한 봄 졸음이 떠돌아라

날카롭게 쭉 뻗은 고양이의 수염에
푸른 봄의 생기가 뛰놀아라

잊힌 여인

마리 로랑생

쓸쓸한 여인보다
더 가엾은 사람은 불행한 여인이다
불행한 여인보다
더 가엾은 사람은 아픈 여인이다
아픈 여인보다
더 가엾은 사람은 버림받은 여인이다
버림받은 여인보다
더 가엾은 사람은 의지할 곳 없는 여인이다
의지할 곳 없는 여인보다
더 가엾은 사람은 쫓겨난 여인이다
쫓겨난 여인보다
더 가엾은 사람은 죽은 여인이다
죽은 여인보다
더 가엾은 사람은 잊힌 여인이다

거지

이반 세르게예비치 투르게네프

거리를 걷고 있자니… 나이든 거지가 내 발길을 멈추게 한다.

눈물어린 충혈된 눈, 파리한 입술, 누더기, 더러운 상처…
오, 가난은 어쩌면 이다지도 처참히 이 불행한 인간을 갉아먹은 것일까!

그는 빨갛게 부푼 더러운 손을 나에게 내밀었고…
그는 신음하며 중얼거리듯 동냥을 청했다.

나는 주머니란 주머니는 모조리 뒤지기 시작했지만…
지갑도 없다, 시계도 없다, 손수건마저 없다…
나는 아무것도 가진 것이 없었다.
거지는 기다리고 있다… 나에게로 내민 손은 힘없이 흔들리며 떨리고 있다.

나는 당황한 나머지 어쩔 줄을 몰라,
힘없이 떨고 있는 그 더러운 손을 덥석 잡았다…
"용서하시오, 형제여. 저는 아무것도 가진 게 없어요."

거지는 충혈된 눈으로 물끄러미 나를 바라보았다.

그의 파리한 두 입술에 가느다란 미소가 스쳤다…
그리고 그대로 나의 싸늘한 손가락을 꼭 잡아주었다.

"괜찮습니다, 형제여." 그가 속삭였다.
"그것만으로도 고맙습니다. 그것 역시 적선이니까요."

나는 깨달았다. 나도 이 형제에게서 적선을 받았음을.

행복해진다는 것

헤르만 헤세

인생의 의무는
다른 무엇도 없다
오직 행복하라는 한 가지 의무뿐

그런데
온갖 도덕과 계명을 갖고
사람들은 행복하지 않다
사람들 스스로 행복을 만들지 못하는 까닭에

인간은 선을 행하는 한 누구나 행복에 이른다
스스로 행복하고 마음의 조화를 찾는다면
그러니까 사랑을 한다면

모든 인간에게 세상에서 중요한 한 가지
그의 가장 깊은 곳
그의 영혼
그의 사랑하는 능력이다

보리죽을 먹든 맛있는 빵을 먹든

누더기를 걸치든 보석을 걸치든
사랑하는 능력이 살아있다면
세상은 순수한 영혼의 화음을 울린다
언제나 좋은 세상
옳은 세상이다

¶

관계를 통해 받는 행복감이 내게는 아주 크다. 그래서 주변 사람들에게 마음을 많이 쓰면서 살아왔다. 때로는 정말 소중한 사람에게 전할 마음마저 남기지 못할 정도로 소진하기도 했다. 그런데 아무리 노력해도 관계라는 것은 상호작용이 중요해서 늘 내 마음처럼 되지는 않았다. 이리저리 치이며 상처도 많이 받았다. 그렇게 30대를 보내고 나니 마음이 전보다 딱딱해졌다. 다가가기도 쉽지만은 않다. 이용당하는 건 아닐까, 또 상처받는 건 아닐까, 하는 생각에 조심하고 긴장하게 된다.

그러나 사람에 대한 기대를 놓을 수 없는 것은 뜻하지 않은 곳에서 관계가 피어나기도 하기 때문이다. 아무런 기대 없이 마음을 조금 주었는데 더 큰 마음이 되어서 돌아오는 일이 종종 있다. 경직된 내 마음을 뚫을 정도의 따뜻한 사랑을 받을 때면, 아직 세상은 살 만하다고 생각하게 된다.

사랑하는 능력이 살아있으면 옳은 세상이라는 시인의 말에 깊이 공감한다.

취하라

샤를 피에르 보들레르

늘 취해 있어야 한다.
모든 게 거기 있다.
그것이 유일한 문제다.

당신 두 어깨를 무너지게 하여
당신을 땅으로 짓누르는
끔찍한 시간의 무게를
느끼지 않으려면
당신은 계속 취해 있어야 한다.

그럼 무엇에 취하나?
술이든, 시든, 덕이든
무엇에나 당신 마음대로
어쨌든 취하라.

그리하여 때때로 궁궐 계단 위에서
도랑의 푸른 풀 위에서
또는 당신 방의 고독 한가운데서

그리고 그대 취기가 사라지면
물어보아라.
바람이든, 물결이든, 별이든, 새든, 시계든.
지나가는 모든 것에,
슬퍼하는 모든 것에,
달려가는 모든 것에,
노래하는 모든 것에,
말하는 모든 것에, 물어보라.
지금 몇 시인지를.

그러면
바람이, 물결이, 별이, 새가, 시계가
당신에게 대답할 것이다.

"지금은 취할 시간이다!"
시간의 노예가 되지 않으려면
취하라, 끊임없이 취하라!
무엇에나 당신 마음대로.

살아남은 자의 슬픔

베르톨트 브레히트

당연히 나는 알고 있다.
단지 운이 좋아
다른 친구들보다
오래 살아남았다는 걸.
그러나 지난밤 꿈속
친구들이 나에 대해
이야기하는 소리를 들었다.
"강한 자는 살아남는다."
나는 내가 미워졌다.

사랑의 비밀

이반 세르게예비치 투르게네프

꽃망울이 터지는 순간을 기다린 적 있습니까
굳게 다물고 있던 꽃잎들이 눈에 보이지 않게
천천히 부풀어 오르고 펼쳐져
활짝 피어나는 그 황홀한 순간
그 순간을 보았습니까

우리는 매번 놓치고 맙니다
스스로 피어나는 그 은밀한 순간을
꽃은 결코 다른 이에게 들키지 않으니
기다리고 기다리다 잠깐 한눈파는 사이
이미 꽃은 활짝 웃으며 피어 있습니다

아무도 보지 못할 때만
꽃은 불꽃처럼 찬란히 모습을 드러냅니다
누구도 모를 때
그러나 돌아서면 원래부터 피었다는 듯 거기 있습니다
그것은 꽃들의 비밀,
또한 당신의 작은 사랑의 비밀

힘과 용기

데이비드 그리피스

강해지려면 힘이
부드러워지려면 용기가 필요하다

나를 방어하기 위해서는 힘이
방어 자세를 버리기 위해서는 용기가
확신을 갖기 위해서는 힘이
의문을 갖기 위해서는 용기가 필요하다

조화를 위해서는 힘이
다수의 뜻에 따르지 않으려면 용기가
타인의 고통을 느끼기 위해서는 힘이
나의 고통과 마주하기 위해서는 용기가 필요하다

내 감정을 숨기기 위해서는 힘이
감정을 표현하기 위해서는 용기가
학대를 하려면 힘이
학대를 중단시키려면 용기가 필요하다

홀로 서기 위해서는 힘이
다른 이에게 기대기 위해서는 용기가
사랑하기 위해서는 힘이
사랑받기 위해서는 용기가 필요하다

생존을 위해서는 힘이
삶을 살아가기 위해서는 용기가 필요하다

¶

한 구절 한 구절이 즉자적으로 내 마음에 꽂히는 시다.

'홀로 서기 위해서는 힘이, 다른 이에게 기대기 위해서는 용기'가 필요하다는 대목에서 특히 큰 깨달음을 얻었다.

그리고 그 아래,
'사랑하기 위해서는 힘이, 사랑받기 위해서는 용기가 필요하다'라는 부분에서는 잠시 멈춰 물음표를 던졌다.

무슨 말이지, 하고 가만히 생각해보니 정말 그렇다는 생각이 든다. 그렇다, 사랑을 받는 데에도 용기가 필요하다.

그리고 지금,
그 힘과 용기가 내게 절실히 필요하다.

말은 죽은 것이라고

에밀리 디킨슨

말하는 그 순간
말은 죽은 것이 된다고
어떤 이들은 말한다

나는 말들이 막
살아나기 시작한다고 말한다
말을 한 그 순간부터

¶

나도 말을 한 그 순간부터 말들이 살아나기 시작한다고 여기는 쪽이다.

사랑에 대입해 생각하면 더 확실하다. 어렸을 때는 '사랑'이라는 말 자체가 너무 소중했다. 사랑한다는 말을 해버리면 사랑이 줄어들 것만 같아 엄청 아꼈다. 그런데 지나고 보니 부질없었다.

이제는 안다.

사랑한다는 마음을 입 밖으로 꺼내고, 사랑하는 마음을 눈빛과 행동으로 표현하지 않으면 의미가 없다는 사실을. 오히려 사랑은 표현할 때 더 커지고, 그 힘은 더 강해졌다. 그리고 지금도 그렇게 믿는다.

제인에게

퍼시 비시 셸리

별들이 강렬히 반짝이고
밝은 달이 별들 가운데로 떠오르고 있어요
그리운 제인
기타 소리는 경쾌했지만
선율은 달콤하지 않았어요
그대가 곡에 맞추어 다시 노래할 때까지는요

달빛의 광채가
천국의 희미한 별빛 위로
드리우듯
그대의 고운 목소리가
자신의 영혼을
영혼 없는 현악기에 주었어요

별들은 잠에서 깨어날 거예요
달은 꼬박 한 시간을 더 잠들더라도
오늘 밤
나뭇잎 하나 흔들리지 않겠죠
그대가 부르는 멜로디의 이슬이 흩뿌려지는 동안은

오직 환희뿐

그대 노랫소리 나를 압도해도 괜찮아요
다시 노래를 불러주세요
당신의 사랑스러운 목소리 당신의 음정
우리와 멀리 떨어진 다른 세상에서도
음악과 달빛과 감정이
하나 될 거예요

¶

제인의 노랫소리를 상상하며 시를 읽다가 '그대가 부르는 멜로디의 이슬이 흩뿌려지는 동안은'이라는 문장에서 멈췄다. 문득 원문이 궁금해 찾아보았다.

"Whilst the dews of your melody scatter."

'멜로디의 이슬'을 '멜로디가 이슬 되어'로 바꿔보았다. 고치고 보니 산문 같다. 다시 곰곰 생각하다가 '멜로디가 방울방울'로 또 고쳐본다.

'그대가 부르는 멜로디가 방울방울 흩뿌려지는 동안은'

시를 이렇게 고쳐 읽은 게 부끄럽기도 하지만, 일기장과 다름없는 이 책에는 드러내도 될 것 같았다.

나뭇잎 하나 흔들리지 않는 듯 여겨지는 시간, 사랑하는 이의 노래에 몰입했던 그 시간 속에서 시인이 겪은 환희를 상상해 본다.

겨울밤

보리스 파스테르나크

눈이 내리고 내린다, 온 대지에
세상 이 끝에서 저 끝까지 눈보라가 휘몰아친다
식탁 위에는 촛불이 타고 있었다
촛불이 타고 있었다

여름날 날벌레들이
불꽃을 향해 날아들 듯
바깥마당의 눈송이들이
창으로 흩날렸다

눈보라는 창에
화살과 소용돌이를 수놓았다
식탁 위에는 촛불이 타고 있었다
촛불이 타고 있었다

촛불 비친 천장
비틀린 그림자 어린다
얽힌 팔, 얽힌 다리

얽힌 운명의 그림자
조그만 신발 두 개
소리를 내며 마루에 떨어지고
침실 탁자 위의 초에서 촛농이
옷에 눈물처럼 떨어졌다

모든 것이 눈안개 속

희뿌옇게 사라졌다
식탁 위에는 촛불이 타고 있었다
촛불이 타고 있었다

구석에서 인 바람이 촛불을 향했고
유혹의 열기가
십자가 형상으로
천사처럼 두 날개를 들어올렸다

눈보라는 2월 내내 휘몰아쳤다

그리고 끊임없이
식탁 위에는 촛불이 타고 있었다
촛불이 타고 있었다

¶

러시아 혁명을 배경으로 한 소설《닥터 지바고》의 작가로 유명한 '보리스 파스테르나크'는 혁명의 소용돌이가 휩쓸던 시기의 러시아를 경험한 인물이다.

그의 시 〈겨울밤〉은《닥터 지바고》의 축소판 같다. 세상의 이 끝에서 저 끝까지 휘몰아치는 눈보라 속에서도 끊임없이 타오르는 촛불. 그 불꽃의 이미지가 좋다.

시인은 혁명이라는 거대한 흐름에 위협당하는, 혁명 앞에서 너무나 작아져 버린 자신을 시로 드러낸 것인지도 모르겠다.

겨울밤에 타오르는 모든 촛불을 응원한다.

첫사랑

윌리엄 버틀러 예이츠

비록 떠가는 달처럼
아름답고도 잔인한 종족에서 길러졌지만
그녀는 잠시 걷고 잠시 얼굴 붉히며
내가 걷는 길에 서 있었네
그녀의 몸이 살과 피의 심장을
가졌다고 내가 생각할 때까지.

그러나 그 가슴에 손을 대어
차가운 마음을 발견하고
많이 기도했지만
아무것도 이루어지지 않았다
매번 뻗었던 손은 제정신이 아니라
달 위를 움직이고 있었다.

그녀의 웃음이 나를 바꾸어
바보로 만들었고
여기저기 어물거린다
달이 사라진 뒤

별들의 움직임보다 더
텅 빈 머리로.

인생

샬롯 브론테

인생이란 사람들 말처럼
어둡기만 한 것은 아니에요
아침에 내린 비는
화창한 오후를 선물합니다

때로 먹구름이 끼지만
금방 지나갑니다
소나기가 내려 장미가 핀다면
소나기를 슬퍼할 이유가 없지요

인생의 즐거운 순간은
길지 않아요
고마운 마음으로 명랑하게
그 시간을 즐기세요

가끔 죽음이 끼어들어
제일 가까운 이를 데려간들 어때요
슬픔이 승리해
희망을 짓누르면 또 어때요

희망은 다시 솟구칠 거예요
절망에 정복당하지 않아요
희망의 금빛 날개는 여전히 펼쳐져 있고
우리를 지켜줄 만큼 강해요
씩씩하게 두려움 없이
힘든 날들을 견뎌내세요
영광스럽게 늠름하게
용기는 절망을 이길 거예요

¶

정말 그랬으면 좋겠다.

그칠 것 같지 않은 빗속에 있다고 느끼는 사람들에게
삶이 나아지지 않을 것 같아 절망하는 사람들에게
다시 용기를 낼 힘이 생겼으면 좋겠다.

우리가 사는 사회가 힘을 주는 곳이 되었으면 좋겠다.

청춘

사무엘 울만

청춘이란 인생의 어떤 한 시기가 아니라
마음가짐을 뜻한다
장밋빛 볼, 붉은 입술, 부드러운 무릎이 아니라
풍부한 상상력과 왕성한 감수성과 의지력
인생의 깊은 샘에서 솟아나는 신선함을 뜻한다

청춘이란 두려움을 물리치는 용기,
안이함을 뿌리치는 모험심,
그 탁월한 정신력을 뜻한다
때로는 스무 살 청년보다 예순 살 노인이 더 청춘일 수 있다
누구나 세월만으로 늙어가지 않고
이상을 잃어버릴 때 늙어가나니

세월은 살갗의 주름을 늘리지만
열정을 가진 마음을 시들게 하진 못하지
근심과 두려움, 자신감을 잃는 것이
우리 기백을 죽이고 마음을 시들게 하네
그대가 젊어 있는 한

예순이건 열여섯이건 가슴 속에는
경이로움을 향한 동경과 아이처럼 왕성한 탐구심과
인생에서 기쁨을 얻고자 하는 열망이 있는 법

그대와 나의 가슴 속에는 이심전심의 안테나가 있어
사람들과 신으로부터 아름다움과 희망,
기쁨, 용기, 힘이라는 영감을 받는 한
언제까지나 청춘일 수 있네

영감이 끊기고
정신이 냉소의 눈〔雪〕에 덮이고
비탄의 얼음〔氷〕에 갇힐 때
그대는 스무 살이라도 늙은이가 되네
그러나 머리를 높이 들고 희망의 물결을 붙잡는 한,
그대는 여든 살이어도 늘 푸른 청춘이네

¶

사무엘 울만이 78살 때 쓴 이 작품은 우리 아버지가 좋아하는 시이기도 하다.

젊은 시절 창업해 오랫동안 사업을 하던 아버지는 사십대 초반에 뜬금없이 경영에서 손을 떼고 온 가족을 데리고 영국으로 공부하러 가셨다. 귀국 후, 쉰 살이 넘은 나이에 경영대학원과 신학대학원에서 공부를 하셨다. 심지어 일흔이 된 지금도 서울사이버대학교에 편입하여 공부하고 계신다. 나는 아버지를 통해 청춘의 의미가 신체적인 젊음보다는 정신적인 태도에 있음을 배웠다.

이 〈청춘〉이라는 시에 영향을 받은 사람은 우리 아버지 만이 아니다. 일본에서 '경영의 신' 혹은 '인간경영의 창시자'로 불리는 '마쓰시타 고노스케'는 자서전 《영원한 청춘》에서 가난했고 배우지 못했고 병치레가 잦았지만, 그 모든 것이 오히려 성공의 디딤돌이 되었다고 고백한 적 있다. 그는 육체의 노화는 피할 수 없더라도 정신적으로는 항상 젊게 살고 싶어 '청춘'이라는 글자를 손수 붓으로 써서 액자에 담았다.

또 다른 사람은 이 시 덕분에 98살에 글을 배우기 시작한 미국의 '조지 도슨'이다. 가난한 집안에서 태어나 학교에 다니지 못한 그는 글을 읽지 못했다. 그래서 일자리를 얻을 때마다 노동 규정 등을 주변 사람에게 물어보고 몽땅 외웠다고 한다. 글을 읽을 줄 모른다는 사실은 늘 그를 창피하고 고통스럽게 했지만, 98살에 울만의 시를 읽고 알파벳을 외우고 101살에 《인생은 아름다워》라는 자서전을 출판했다.

"청춘이란 인생의 어떤 한 시기가 아니라 마음가짐"

종종 청춘이 이미 지나갔다는 생각이 들 때가 있다. 하지만 그럴 때면 얼른 마음을 고쳐먹고 이 문장을 떠올린다. 지혜로운 나의 아버지가 그랬던 것처럼.

환희의 송가

프리드리히 실러

환희여, 아름다운 신의 광채여
천상낙원의 딸들이여
우리 정열에 취해
빛이 가득한 신의 성전으로 들어가자
가혹한 현실이 갈라놓은 자들을
신비로운 그대의 힘으로 다시 결합시키는도다
그리고 모든 인간은 형제가 되노라
온화한 그대의 날개가 머무르는 곳에서

위대한 하늘의 선물을 받은 자여
진실된 우정을 얻은 자여
여성의 따뜻한 사랑을 얻은 자여
다 함께 모여 환희의 노래를 부르자
그래, 이 땅에 단 한 명뿐일지라도
마음을 공유할 혼을 가진 자라면 환호하라
그러나 그조차 할 수 없다면
눈물 흘리면서 조용히 떠나라

모든 존재는 자연의 품속에서

환희를 마신다
모든 선인도 모든 악인도
자연이 선물한 장미의 오솔길을 걷는다
자연은 입맞춤과 포도나무를 주고
죽음조차 빼앗아 갈 수 없는 친구를 주었다
하물며 벌레 같은 사람조차 쾌락을 누리며
지혜의 천사 케루빔은 신 앞에 서있다

태양이 수많은 별 위를 움직이듯
광활한 하늘의 궤도를 즐겁게 날듯
형제여 길을 달려라
영웅이 승리의 길을 달리듯

모든 사람은 서로 포옹하라
이것은 온 세상을 위한 입맞춤
형제여 별의 저편에는
사랑하는 아버지가 있으니
억만 인들이여, 엎드리지 않겠는가
창조주를 믿겠는가, 온 세상이여

별들 뒤의 그를 찾으라
별들이 지는 곳에 그는 있다

모든 사람은 서로 포옹하라
이것은 온 세상을 위한 입맞춤
형제여 별의 저편에는
사랑하는 아버지가 있으니
모든 사람은 서로 포옹하라
이것은 온 세상을 위한 입맞춤
환희여, 아름다운 신의 광채여

천상낙원의 딸들이여
환희여, 아름다운 신의 광채여, 신의 광채여

내가 광적으로 좋아하는 베토벤 교향곡 9번 〈합창〉 4악장에 나오는 노랫말이 바로 이 시의 일부다. 나는 어린 시절 가난했고, 공부를 제대로 하지 못했다. 청춘을 별 희망도 없이 외롭고 힘들게 지냈는데, 그때 베토벤의 음악을 들으며 힘을 얻었다.

베토벤은 불과 22살에 실러의 시를 음악으로 표현하리라 마음먹었다고 한다. 그리고 오랜 세월 동안 숙성시켜 마침내 교향곡에 성악을 포함시킨, 소위 '합창 교향곡(Op. 125)'을 작곡해냈다. 바리톤 가수가 독창으로 부르는 1연의 '오 친구들이여! 이런 곡조들이 아닌, 좀 더 즐겁고, 기쁨에 찬 노래를 부르자'라는 부분은 베토벤이 스스로 작사한 것으로 실러의 원시에는 없다.

〈환희의 송가〉는 평등한 사회와 공동체의 사랑을 노래하고 있다. 1연의 '모든 인간은 형제가 되노라'는 표현이나 5연의 '모든 사람은 서로 포옹하라'는 구절이 그런 정신을 노래하고 있다고 생각한다.

나는 음악과 시는 멀지 않으며, 모든 예술의 정신은 연결되어 있다고 생각한다. 이번 기회에 실러의 시와 베토벤의 음악을 함께 감상해 보시기를 권한다.

아하코칭센터 대표, 김지석의 아버지 김온양

어깨의 쓸모

주용일

어스름녘,
일을 끝내고 돌아가는 버스 안에서
꾸벅꾸벅 졸다가 어깨에 얹혀오는
옆 사람의 혼곤한 머리
나는 슬그머니 어깨를 내어준다
항상 허세만 부리던 내 어깨가
오랜만에 제대로 쓰였다
그래, 우리가 세상을 함께 산다는 건
서로가 서로의 어깨에
피로한 머리를 기댄다는 것 아니겠느냐
서로의 따뜻한 위로가 된다는 것 아니겠느냐

가방 메고 뽕 넣는 데만 쓰이는 내 어깨가 부끄럽습니다. 오늘은 누군가에게 말하고 싶네요. 나에게 기대라고. 내 어깨에 기대어보라고.

드라마 〈월간 집〉 작가 명수현

청춘이란
인생의 어떤 한 시기가 아니라
마음가짐